红色经典阅读少儿版

风云初记

孙犁 著

吉林美术出版社 全国百佳图书出版单位

图书在版编目（CIP）数据

风云初记 / 孙犁著. -- 长春：吉林美术出版社，2021.7（2023.3重印）

（红色经典阅读：少儿版）

ISBN 978-7-5575-6853-5

Ⅰ．①风… Ⅱ．①孙… Ⅲ．①长篇小说－中国－当代 Ⅳ．①I247.5

中国版本图书馆CIP数据核字(2021)第177168号

红色经典阅读少儿版

风云初记

FENGYUN CHU JI

著　　者　孙　犁
出 版 人　赵国强
责任编辑　陈　鸣
缩　　写　梦　妮
插　　图　杨　棣
开　　本　710mm×1000mm　1/16
字　　数　116千字
印　　张　10.5
版　　次　2021年7月第1版
印　　次　2023年3月第3次印刷
出　　版　吉林美术出版社
发　　行　吉林美术出版社图书经理部
地　　址　长春市人民大街4646号
　　　　　邮编：130021
网　　址　www.jlmspress.com
印　　刷　长春新华印刷集团有限公司
ISBN 978-7-5575-6853-5　　　定价：29.80元

序

  时间，就像一条静静的大河，悄无声息地在我们不经意间缓缓流过。现在我们每一个人都过着幸福又安宁的生活。可是，在一百年之前，劳动人民过的是什么样的日子呢？过的是朝不保夕、忍饥挨饿、连生命安全都无法保障的苦难生活。在一百年前的1921年，有这样的一群人，他们为了改变国家与民族的苦难命运，为了我们现在的幸福、安定的生活，在共产主义信仰的指引下，经历千难万险，用他们的血肉之躯探索出了一条布满荆棘的光辉之路，缔造了一个举世瞩目的由人民当家作主的新中国！

  我们每一个人，一定都听过很多革命年代的故事：

  曾几何时，波涛汹涌的大渡河畔，响起了红军"哒哒"的马蹄声；曾几何时，冰封雪盖的夹金山上，驻扎着红军长征的营地；曾几何时，东北的林海雪原里穿梭着顶风冒雪的东北抗日联军战士；曾几何时，孤峰险峻的狼牙山上，回荡着烈士们坚定的誓言；曾几何时，阴森恐怖的渣滓洞监狱里，飘扬着江姐一针一针绣制的五星红旗；曾几何时，波澜壮阔的长江上，百万雄师吹响了改天换日的号角……

  多少中华英雄儿女的事迹，记载在岁月长河里、文献里，铭刻在我们的记忆里，也记载在流传至今的那些红色经典文学著作里。

  于是，我们编选了这套《红色经典阅读（少儿版）》，选入一批影响了中国几代人的红色经典文学著作。这些文学作品以中国人民的抗日战争前后的历史为背景，再现了那个烽火连天、英雄辈出的光辉年代，塑造了许多丰满生动、有血有肉的英雄形象，刘洪、娟子、雨来、沈振新、潘冬子……这些英雄形象像启明星一样明亮耀眼，始终指引着坚忍卓绝的中华民族奋勇前进的方向。

　　红色，是孩子们红领巾的颜色，是国旗的颜色，是无数革命先烈鲜血的颜色，也是我们的革命队伍"红军"名字的颜色。在世界上，提起中国的代表色，人们首先想到的是"中国红"，"红色"是一种精神，是一种基因，是有着极其丰富内涵的一个象征性的符号。

　　阅读红色经典，不仅仅是为了铭记和怀念，更是为了继承和发扬。红色精神的核心是爱国主义，这也是中华儿女在数千年文明发展中形成的深沉社会心理和基本价值追求，也是中华民族生命力量的支撑。"少年强则中国强"，爱国主义教育应该从孩子抓起，《红色经典阅读（少儿版）》将带领小读者们去阅读峥嵘岁月里的感人故事，去触摸烽火硝烟中的英雄形象，去感受战争年代的流血牺牲、艰苦卓绝，去体会伟大而崇高的爱国情怀、民族气节。

编者

目录 Contents/

第一章	1
第二章	6
第三章	15
第四章	21
第五章	25
第六章	29
第七章	33
第八章	41
第九章	49
第十章	52
第十一章	60
第十二章	68
第十三章	74

目录 Contents/

第十四章……………………………84

第十五章……………………………90

第十六章……………………………96

第十七章……………………………105

第十八章……………………………111

第十九章……………………………118

第二十章……………………………122

第二十一章…………………………130

第二十二章…………………………135

第二十三章…………………………145

第二十四章…………………………149

第二十五章…………………………155

第一章

名师导读

　　冀中平原的一个小村庄里，有一对姐妹，姐姐虽然出嫁，但姐夫离家十年，音讯全无，姐姐只能守田相望……

　　1937年春夏两季，冀中平原大旱。五月，滹沱河底晒干了，热风卷着黄沙，吹干河滩上蔓延生长的红色的水柳。三棱草和别的杂色的小花，在夜间开放，白天就枯焦。【写作借鉴点：寥寥几笔，一幅天干物燥的大旱场景便跃然纸上了。】农民们说：不要看眼下这么旱，定然是个水涝之年。可是一直到六月初，还没落下透雨，从北平、保定一带回家歇伏的买卖人，把日本侵略华北的消息带到乡村。

　　河北子午镇的农民，中午躺在村北大堤埝的树荫凉儿里歇晌。在堤埝拐角一棵大榆树下面，有两个年轻的妇女对着怀纺线。从她们的长相和穿着上看，好像姐妹俩，小的十六七岁，大的也不过二十七八。姐姐脸儿有些黄瘦，眉眼带些愁苦。可是，过多的希望，过早的热情，已经在妹妹的神情举动里，充分地流露出来。她们头顶的树叶纹丝不动，知了叫得焦躁刺耳，沙沙的黏虫屎，掉到地面上来。

　　这姐妹两个姓吴，大的叫秋分，小的叫春儿。大的已经出嫁，婆

家在五龙堂。

五龙堂是紧靠滹沱河南岸的一个小村庄，河从西南方向滚滚流来，到了这个地方，突然曲敛一下，转了一个死弯。五龙堂的居民，在河流转角的地方，打起高堤，钉上桩木，这是滹沱河有名的一段险堤。

大水好多次冲平了这小小的村庄：或是卷走它所有的一切，旋成一个深坑；或是一滚黄沙，淤平村里最高的房顶。【阅读能力点：大水给这个村庄带来了很多灾难。】小村庄并没被大水征服，每逢堤埝出险，一声锣响，全村的男女老少，立时全站到堤埝上来。他们用一切力量和物料堵塞险口，他们摘下门窗，拆下梁木砖瓦，女人们抬来箱柜桌椅，抱来被褥炕席。

每年大水冲了房，不等水撤完，他们就互助着打甓烧砖，刨树拉锯，盖起新房来。房基打得更坚实，墙垒得更厚，房盖得比冲毁的更高。他们的房没有院墙和陪衬，都是孤零零的一座北屋，远远看去，就像一座一座的小塔。台阶非常高，从院子走到屋里，好像上楼一样。

秋分的公爹叫高四海，现在有六十岁了。这一带村庄喜好乐器，老头儿从光着屁股就学吹大管，不久成了一把好手。这老人不只是一个音乐家，还是有名的热情人，村庄活动的组织家。

在十年以前，这里曾有一次农民的暴动，暴动从高阳、蠡县开始，各个村庄都打出了红旗，集在田野里开会。红旗是第一次在平原上出现，热情又鲜明。高四海和他的十八岁的儿子庆山、十七岁刚过门的儿媳秋分全参加了，因为勇敢，庆山成了一位领袖。

可是只有几天的工夫，暴动很快就失败了。一个炎热的日子，暴动的农民退到河堤上来，把红旗插在五龙堂的庙顶。农民做了最后的抵抗，庆山胸部受了伤。到了夜晚，高四海拜托了一个知己，把他和本村一个叫高翔的中学生装在一只小船的底舱，逃了出去。在那样兵荒马乱（荒、乱，指社会秩序不安定。形容战争期间社会混乱不安的景象）的时候，送庆山出走的只有两个人。

年老的父亲扳着船舱的小窗户说："走吧！出去了哪里都是活路！叫他们等着吧！"说着，用力帮着推开小船，就回去了。他还要帮着那些农民，那些一起斗争过、现在失败了的同志们，葬埋战死在田野里的难友。另外送行的是十七岁的女孩子秋分，当父亲和庆山说话的时候，她站在远远的堤坡上，从西山上来的黑云，遮盖住半个天的星星，谁也看不见她。【阅读能力点：秋分是偷偷来送行的，她不想被人发现。】

庆山出去，十年没有音讯，死活不知。和他一块儿逃出的那个学生，在上海工厂里被捕，去年解到北平来坐狱，才捎来一个口讯，说庆山到江西去了。

高四海只有四亩地，全躺在河滩上，每年闹好了，收点儿小黑豆。他在堤埝上垒了一座小屋，前面搭了一架凉棚，开茶馆、卖大碗面。这里是一个小小的渡口。

每年春夏两季，河底干了，摆渡闲了，秋分就告诉公公不要忘记给望日莲和丝瓜浇水，她就回到子午镇，来帮着妹妹纺线织布。

子午镇和五龙堂隔河相望，却不常犯水，村东村北都是好胶泥地，很多种成了水浇园子，一年两三季收成，和五龙堂的白沙碱地旱

涝不收的情形恰恰相反。

子午镇的几家地主都是姓田，田大瞎子（那年暴动，他跟着县里的保卫团追剿农民，被打伤了一只眼睛）在村里号称"大班"，当着村长，家里有小做活儿的芒种和打杂儿的老温。

一辆大车赶到田家门口，少当家田耀武拍拍衣裳下来。田耀武在北平朝阳大学学的是法律，在一年级的时候，就习练官场的做派：长袍马褂、丝袜缎鞋，在宿舍里打牌，往公寓里叫窑姐儿。临到毕业，日本人得寸进尺（得了一寸，还想再进一尺。比喻贪心不足，有了小的，又要大的），北平的气氛很是紧张，"一二·九"以后，同学们更实际起来，有的深入到军队里进行鼓动，有的回到乡下去组织农民。田耀武一贯对这些活动没有兴趣，他积极奔走官场，可也没得攀缘上去，考试结束后，只好先回家里来。

晚上，田家二门以外也有个小小的宴会。老常和老温坐在牲口棚里的短炕上，芒种点着槽头上的煤油灯，提着料斗，给牲口撒上料。老常说："芒种！去看看二门上了没有，摸摸要是上了，轿车车底下盛碎皮条的小木箱里有一个瓶子，你去拿来！"

芒种一丢料斗子就跑了出去，提回一瓶酒来，拔出棒子核，仰着脖子喝了一口，递给老温。老常说："尝尝我办来的货吧，真正的二锅头！"

"等等！"芒种小声说，"我预备点儿菜。"他抓起喂牲口的大料勺，在水桶里刷洗，把两辆车上的油瓶里的黑油倒了出来，又在草堆里摸着几个鸡蛋，在炕洞里支起火来炒熟了，折了几根秫秸尖当筷子。【阅读能力点：娴熟的动作，说明芒种不是第一次做这种事

情。】

芒种今年十八岁了，在田家已经当了六年小工。他原是春儿的爹吴大印在这里当领青的时候引进来的。那一年大秋上，为多叫半工们吃了一顿稀饭，田大瞎子恼了，又常提秋分的女婿是共产党，吴大印一气辞了活儿，扯起一件破袍子下了关东，临走把两个女儿托付给亲家高四海，把芒种托付给伙计老常。告诉两个女儿，芒种要是缝缝补补，短了鞋袜的，帮凑一下。芒种也早起晚睡，抽空给她们姐儿俩担挑打水，做做重力气活儿。

第二章

名师导读

田大瞎子想替儿子谋个一官半职，于是请了全区的村长、村副过来吃酒席，他在席上的游说成功了吗？

田大瞎子替儿子张罗，想找点儿事做。他家和张荫梧沾点儿亲戚，就写了一封信，叫田耀武到博野杨村去一趟。那时张荫梧管辖着附近几个县，要组织民团，还要"改选"区长，就叫田耀武回到本县本区服务效力，让他回村筹钱买枪。

田大瞎子派村里游手好闲（指人游荡懒散，不愿参加劳动）的老蒋去收款，先生抱着大账、算盘，老蒋背着钱插，先从尽西头敛起，到了春儿家里。

秋分和春儿正为冬天的棉衣发愁。每天从鸡叫开始，姐妹两个就坐在院里守着月亮纺线，天热了就挪到土墙头的阴凉里去，拼命地拧着纺车，要在这一季里，把经线全纺出来。一见又要摊派花销，秋分就说："大秋都扔了，正南巴北（方言。正经的，正式的）的钱粮还拿不起，哪里的这些外快？"

老蒋说："你说这话就有罪，咱村的收成不赖呀！"

"谁家的收成好？"秋分问。

"大班的支谷，下了一亩八斗，你砍我的脑袋！"老蒋说。

"别提他家！"春儿说，"那是大水车的灵验，我们哩，我们这些穷人哩，别说八斗，八升打出来，你砍了我的脑袋！"

"你可有多少亩地呀？"老蒋笑了。

"他地多，就叫他把钱全垫出来呀！"

"人家不是大头！"

"他家不是大头，难道我们倒成了大头？"

"这是全村的事，这次拨钱是买枪，准备着打日本人，日本人过来了，五家合使一把菜刀，黑间不许插门，谁好受得了啊？"

"打日本人，我拿。"春儿从腰里掏出票来，"这是上集卖了布的钱。我一亩半地，合七毛二分五，给！"说着扔给老蒋。【阅读能力点：春儿对于打日本鬼子要出的钱掏得非常痛快，可见她有一颗爱国之心。】

听说山里的枪支弹药便宜，老蒋在那边又有个黑道上的朋友，写了封信，田大瞎子派芒种先去打听打听。当天晚上，芒种就过了平汉路。中午，他走到一个大镇店，叫作城南庄。【阅读能力点：田大瞎子总搞一些投机倒把的事情，还懂得"知人善用"。】

从山后转出一支队伍来，稀稀拉拉，走得很不齐整，头上顶着大草帽，上身披着旧棉衣。这队伍挤在河边脱鞋，卷裤子，说笑着飞快地蹚过来，在杨树林子里休息了。

芒种问一个妇女："大嫂子，这是什么军头啊？"

"老红军！"妇女说，"前几天就从这里过去了一帮，别看穿得破烂，打仗可硬哩，听说从江西出来，一直打了两万多里！"

"从江西？"芒种问，"可有咱这边的人吗？"

　　"没看见，"妇女说，"说话侉得厉害，买卖可公平，对待老百姓可好哩！"

　　"怎么火车上的兵往南开，他们倒往北走哩！"芒种又问。

　　妇女说："那是什么兵，这是什么兵。往南开的是蒋介石的，吃粮不打日本，光知道欺侮老百姓的兵。这才是真心打日本鬼子的兵，你听他们唱的歌！"【阅读能力点：连妇女都知道国民党和红军的不同，可见红军的形象已深入民心。】

　　芒种听了听，那歌是叫老百姓组织起来打日本侵略者的。

　　队伍散开，有的靠在树上睡着了，有的跑到河边上去洗脸。有一个大个子黑瘦脸的红军过来，看了看芒种说：

　　"小鬼！从哪里来呀？看你不像山地里的人。"

　　"从平地上来，"芒种说，"深泽县！"

　　"深泽？"那红军愣了一下笑了，"深泽什么村啊？"

　　芒种听他的口音一下子满带了深泽味儿，就说："子午镇。老总，听你的口音，也不远。"

　　"来，我们谈谈！"红军紧拉着芒种的手，到林子边一棵大树下面，替芒种卷了一根烟，两个人抽着。

　　"我和你打听一个人，"红军亲热地望着芒种，"你们村西头有个叫吴大印的，你认识吗？"

　　"怎么不认识呀，"芒种高兴起来，"我们在一个人家做活儿，我还是他引进去的哩。现在他出外去了，在牡丹江种菜园子。"

　　"他有一个女儿……"红军说。

"有两个,大的是秋分姐,小的叫春儿。"芒种插上去,"你是哪村的呀,你认识高庆山吗?"

红军的眼睛一亮,停了一下才说:"认识。他家里的人还都活着吗?"【阅读能力点:我们不禁猜想:这个红军会不会是高庆山呢?】

"怎么能不活着呢?"芒种说,"生活困难点儿也不算什么。就是想庆山想得厉害,你知道他的准信吧?"

"他也许过来了。"红军笑了一下,"以后能转到家里去看看,也说不定。"【阅读能力点:虽然很想念家人,但庆山知道现在不是相认的好时机。】

芒种说:"那可就好了,秋分姐整天想念他,你见着他,务必告诉他回家看望看望。"

他给芒种讲了很多抗日的道理,时候不早,芒种要赶道,红军又送了他一程,分别的时候,芒种说:"同志,你真能见着庆山吗?"

"能。"红军说,"你告诉他家里人放心吧,庆山在外边很好,不久准能回家看看。"说完,就低着头回到树林子里去了。

芒种一路上很高兴,想不到这一趟出差,得着了庆山的准信,回去告诉她们不定多高兴哩。他把信交了,事情办妥当,第二天就赶回来。

秋分得到庆山的消息,赶紧来到高翔家,正赶上高翔写了信回家。原来高翔从北京出狱后,就兼程赶到延安,现住瓦窑堡,在毛主席的亲自领导下进行学习,不久就北上抗日。

半夜里下起大雨,远远的河滩里,有一种发闷的声音,就像老牛

的吼叫。

第二天，雨过天晴，大河里的水下来了，北面也开了口子，大水围了子午镇，人们整天整夜，敲锣打鼓，守着堤埝。【阅读能力点：对于发大水，子午镇的人们已经做了充分的准备。】又听见了隆隆的声音，才知道是日本人攻占了保定。大水也阻拦不住那些失去家园逃难的人们，像蝗虫一样涌过来了。

这时日本人的飞机来了，轰！轰！飞机扫射着，丢了几个炸弹，沿着河口扫射，那里正有一船难民过河。河水很大，流得又急，船上一乱，整个翻到水里去。逃难的人死伤无数。

前些日子，子午镇也曾买回几支枪来。田大瞎子自己带一支八音子，把一支盒子交给田耀武，有两支大枪叫村里几个富农、地主子弟背着。

田耀武得知县里当官的都南下了，也带着盘缠和枪离开村子。在半路上，被土匪高疤抓住，把钱和枪劫走了，这些都是老蒋的女儿俗儿通风报信的。

自从大军南撤，县长逃走，子午镇的老百姓只好听天由命，庄稼烂在地里不愿去收拾，村庄里成立了很多小牌局。

传说日本人已经到了定县。县城里由一个绅士、一个盐店掌柜的、一个药铺先生组成维持会，各村的村长就是分会长，预备八月十五欢迎日本人进城。田大瞎子领回红布、白布，叫老蒋派下去做太阳旗，还要在地亩里派款收回布钱！

前半月，县里曾经派人下来压着挖了一条长长的战壕，说是军队要在这里和日本人打仗。战壕的工事很大，挖下一丈多深的沟，上面

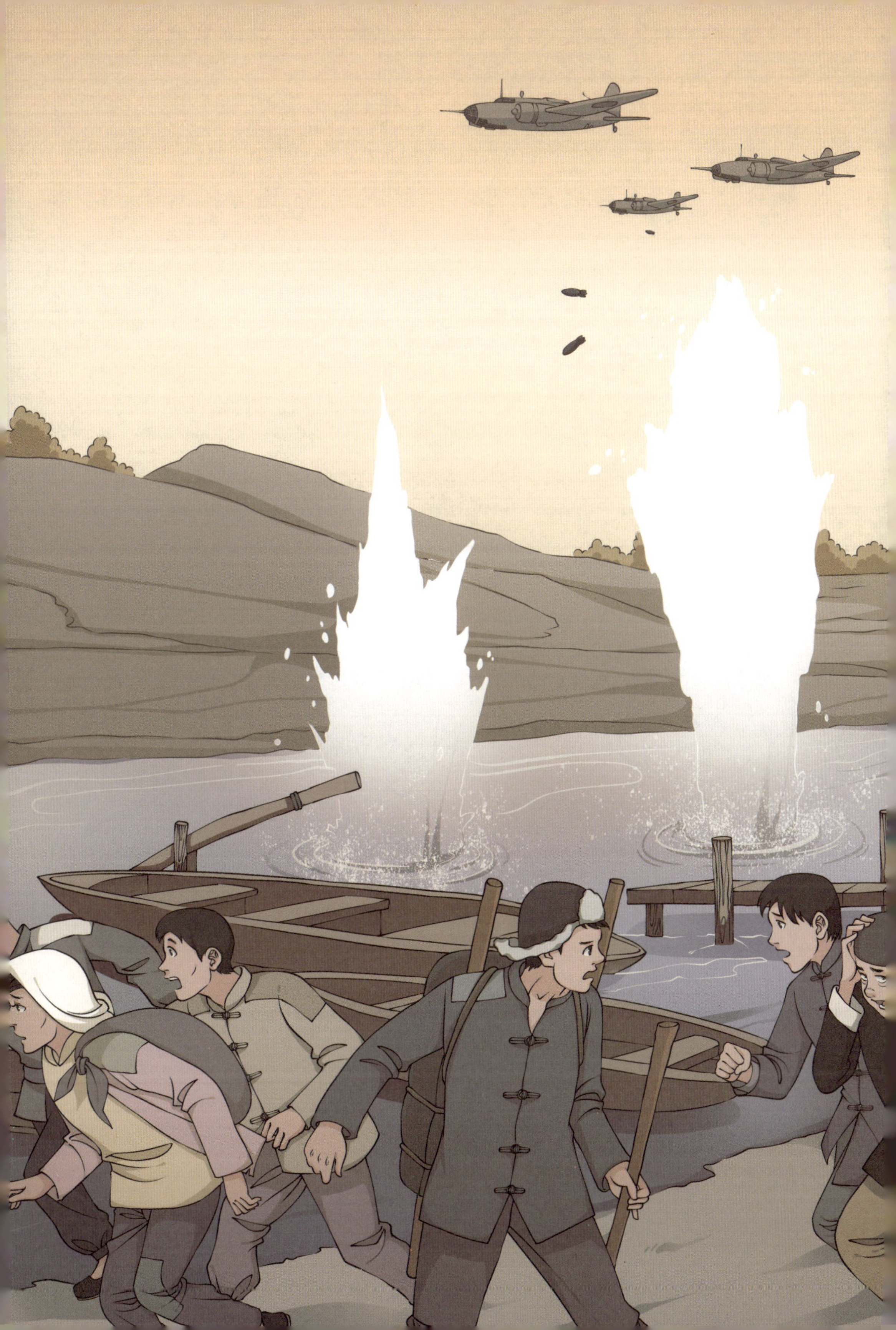

棚上树木苇席，盖上几尺厚的土，隔几丈远，还有一个指挥部。那些日子正下连阴雨，地里的庄稼也待收拾，农民们心气很高，每天在大雨里淋着，在水里泡着，出差挖沟。

战壕是一条直线，遇到谁家的地，就连快熟的庄稼也挖去，春儿这一亩半地种的支谷，身手长得好，被挖了多一半。地头上一棵修整得很好的小柳树，也刨下来盖了顶棚，别人替她心痛。芒种挖沟回来告诉她，春儿说："挖就挖了吧，只要打败了日寇，叫我拿出什么都行。"【阅读能力点：春儿对于抗日是全力支持的，不惜任何代价。】

春儿从一个逃兵那里拿吃的换了一支枪，她把枪紧紧藏了。

高疤以前是这一带有名的大贼，自从在城南地面截下了县政府的八辆大车，收了南逃官员们的枪支，又接连在五龙堂河口卡了几伙逃兵，就自称团长，委了几个连长，到各村镇吊打村长、富户，把埋藏了的枪支起出来。有的主儿舍不得枪支，叫子弟背着，参加了这个队伍，在冀中说起来，就有了很多"跟着枪出来的"兵士。每天在子午镇大街的二丰馆大吃大喝，夜晚就住在俗儿家里。过了些时，人马多了，声势更大，高疤将俗儿娶进家门。

在子午镇的十字街口，出现了一张盖着大红关防的布告。有三四个月不见官方的告示了，凡是认字的都围上来看。出告示的是人民自卫军司令部和政治部，号召人民团结起来，武装抗日，司令员是吕正操。

这几天，高疤心里不大痛快，他派手下人到高阳打听，听说吕正操委派了各支队的司令，正整编各地杂牌的队伍，又听说红军纪律很严，官兵一致吃小米，不许拿老百姓一针一线，当官的也要受训学习，团里还设政治委员。高疤自己底子不正，怕受管束，心里很是彷徨不定。

俗儿让高疤带着秋分去县城找高庆山，让高庆山给他指引指引。

第三章

名师导读

秋分跟着高疤的队伍一起到高阳去找高庆山,他们能否顺利到达高阳?秋分有没有见到庆山呢?

一路上,秋分只是觉着道儿远,天快黑下来,才到了高阳,离着城门还有老远,就出来一队兵,枪支、服装都很整齐,臂上果然挂着小红星儿。他们问清了缘由,叫高疤的队伍在城外驻扎,只叫他一个人进城。高疤说:"这妇女是来找丈夫的,也得让她进去。"说了半天,城里的兵才答应了,前后尾随着他们进了城门。

街上很热闹,买卖家都点上灯了,饭铺里刀勺乱响,街上来来往往的净是队伍,有的穿军装,有的穿便衣,有的则便衣、军帽混穿。盒子枪都张着嘴儿,到处是抗日的布告、标语和唱歌的声音。【写作借鉴点:场景描写,表现了此处抗日活动非常活跃。】他们先到了司令部,把高疤带进去,把秋分带到政治部来。

走进一家很深的宅子,秋分不断在石头台阶上失足绊脚,正房大厅里摆着几张方桌,墙上也满贴着标语、地图,挂着枪支弹药。几个穿灰色军装的人正围着桌子开会,见她进去,让她坐下,一个兵笑着问:"你是从深泽来的?"

"是。"秋分说，"我来找一个人，五龙堂的高庆山。"

"高庆山？"那个人沉吟了一下，"他参加过那年的暴动吗？是你的什么人？"

"是我当家的，"秋分低着头说，"那年我们一块儿参加的。"

"这里有你们一个老乡，也是姓高，"那个人笑着说，"叫他来看看是不是。小鬼，去请民运部高部长过来，捎着打盆洗脸水，告诉厨房预备一个客人的饭！"【阅读能力点：不只叫人过来，还顺带让人打水、准备饭，体现了此人的心思细腻、待人周到。】

秋分洗完脸，一大盆小米干饭、一大盆白菜熬肉也端上来了，同志们给她盛上，秋分早就饿了，却吃不下，她的心怦怦跳动，整个身子听着院里的响声。

同志们又问："你们那一带有群众基础，现在全动员起来了吗？高疤的队伍怎么样？"

秋分不知道怎么回答，只说："土匪性不退！"【阅读能力点：秋分看事情还是比较透彻的。】

人们全笑了，说："不要紧。这叫春雨落地，草苗一块儿长，广大人民的抗日要求是很高的。明天高部长到那里去，整理整理就好了。"

院里有脚步声，屋里的人们说高部长来了。秋分赶紧站起身来望着，进来的是个小个子，戴着近视眼镜，学生模样，进门就问："五龙堂的人在哪里？"秋分愣了一下，仔细一看，才笑着说："这是高翔。你什么时候回来了？"

高翔走到秋分跟前，凑近她的脸认了一会儿，高兴地跳起来说：

"秋分嫂子！我一猜就是你们。"接着又对同志们说："来，我给你们介绍，高庆山同志的爱人，农民暴动时期的女战士。"

"怎么一猜就是我，就不许你媳妇来看你？"秋分说。

"你来她来是一样！"高翔笑着说，"你今天不要失望，见着我和见着庆山哥哥也是一样！"

"到底你知道他的准信不？"秋分问。

"一准是过来了。"高翔说，"在延安我就听说他北上了，到了晋察冀，在一张战报上还见到了他的名字，我已经给组织部留下话，叫他和我联络，不久就会知道他在哪里了！"

这时又进来一个女的，穿着海蓝旗袍，披着一件灰色棉军衣，望着高翔，娇声嫩语地说："高部长，你还不去？人都到齐了，就等你讲话哩！"说完就笑着转身走了，秋分看准了是田耀武的媳妇李佩钟。

"好，我就来。"高翔说，"秋分嫂子也去看一看吧，高阳城里的妇女大会，比咱们十年前开的那些会人还多，还热闹哩！"

第二天清早，秋分就同高翔和李佩钟上了一辆大汽车，回深泽来。他们路过蠡县、博野、安国三个县城和无数的村镇，看到从广大的农民心底发出的激昂的抗日热情，正在平原的城镇、村庄、田野上奔流，高翔到一处，就受到一处的热烈欢迎。

汽车在长久失修的公路上颠簸不停，李佩钟迎着风，唱了一路的歌儿。秋分感到在分担了十年的痛苦以后，今天才分担到了斗争的光荣。她甚至没有想到，在今后的抗日战争里，她还要经历残酷的考验和忍受长期的艰难。

黄昏的时候,他们到了子午镇。秋分一下车,就有人悄悄告诉她:"庆山回来了,现在在五龙堂。你们坐汽车,他赶回来了一群羊!"

远远秋分就看见在她家小屋门口,围着一群人,有一个高高的个儿、穿一身山地里浅蓝裤褂的人站在门前,正和乡亲们说笑。秋分爬上堤坡,乡亲们见她来了,说笑着走散了,庆山望着她笑了笑,转身进小屋里去。

公公从河滩里背回一捆青草,撒给那几只卧在小南窗下面休息的山羊。秋分笑着问:"出去了十几年,这是发财回来了?"

高四海摸着一只大公羊的角说:"发财不发财,我还没顾着问他;反正弄了一群这个来,也就有我一冬天的活儿了。你也还没有吃饭吧?快到屋里和他一块儿做点儿吃的。"

秋分走进屋里来,好像十年以前下了花轿,刚刚登上这家的门槛。她觉得这小屋变得和往日不同,忽然又光亮又暖和了。【阅读能力点:再见庆山,秋分分外激动,连小屋都感觉和平时居住的小屋不一样了。】自己的丈夫,那个高个儿,正坐在炕沿上望着她,她忍住热泪,赶快走到锅台那里点火去了。她家烧的是煤,埋在热灰下面的火种并没有熄灭,她的手一触风箱把,炉灶里立时就冒起青烟,腾起火苗儿的红光来。望着旺盛的火,秋分的心安静下来。她把瓦罐里的白面全倒出,用全身的力量揉和了,细心切成面条儿,把所有的油盐酱醋当了作料。水开了,她揭开锅盖,滚腾的水纷纷蹿了出来,秋分两手捧着又细又长、好像永远扯不断的面条儿,下到锅里去。【阅读能力点:秋分的一腔柔情都融进了这碗面条儿里。】

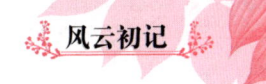

忽然，在炕角里，有一个小娃子尖声哭叫了起来。高庆山吓了一跳，回头一看，一个不到两生日的孩子睡醒了，抓手揪脚地哭着。

"这是哪里来的？"庆山立起身来，望着秋分。

"哪里来的？"秋分笑着说，"远道来的。你不用多心吧，这是今年热天，一个从关东逃难来的女人，在河口上叫日本的飞机炸死了，咱爹叫把这孩子收养下来。要不，你哪里有这么现成的儿子哩！"

庆山笑了，他把孩子抱了起来，好像是抱起了他的多灾多难的祖国，他的眼角潮湿了。

吃饭的时候，高翔赶来了，两个老同志见面，拉着手半天说不出话来。庆山从里边衣袋里，掏出一封信，交给高翔说："这是我的介绍信，组织上叫我交给你的，还怕路上不好走，叫我换了一身便衣，赶上一群山羊。路上什么事也没有，没想到和你碰得又这样巧。"

【阅读能力点：原来这群羊只是掩护，为上文的疑问作出了解释。】

高翔看完了信说："你来得正好。在军事上，我既没有经验，新近遇到的情况又很复杂。你先不用到高阳去，就帮我在这里完成一个任务吧！"

这时高翔的父亲带着高翔的女儿来找他。

"你还不回家呀？"秋分问。

高翔笑着说："我马上要和庆山哥谈谈这里的情况，研究开展工作，你们先到外边去一会儿。"

高四海、高翔的父亲抱着孩子出去了，秋分噘着嘴说："我听听也不行吗？"

"不行，"高翔说，"我们还没正式接上关系哩，分别了十年，回头我还得考察考察你的历史！"

"等着你考察！"秋分给他们点着灯，就扭身走了。

高翔的父亲对高四海说："你说盼儿子有什么用，盼得他们回来，倒把我们赶到漫天野地里来了。"

高四海抽着烟没有说话，大烟锅里的火星飞扬到河滩里去。儿子回来，老人高兴，心里也有些沉重。他们回来了，他们又聚在一起商议着闹事了。那些狂热，那些斗争、流血的景象和牺牲了的伙伴的声音、面貌，一时又都在老人的眼前、在晚秋的田野里浮现出来，旋转起来。老人有些激动，也感到深深的痛苦。自从儿子出走，斗争失败，这十年的日子是怎样过的？当爹娘的，当妻子的是怎样熬过了这十年的白天和黑夜啊？再闹起来！那次是和地面上的土豪劣绅，这次是和日本人。人家兵强马壮，占了中国这么大的地面，国家的军队全叫人家赶得飞天落地，就凭老百姓这点儿土枪土炮，能够战胜敌人？

【阅读能力点：虽然老人对儿子这样继续"闹事"很担心，却选择了沉默，这是多么无私的父爱啊！】

他想着，身边的草上已经汪着深夜的露水，高翔的小女儿打着哈欠躺在她爷爷的怀里睡着了。

第四章

名师导读

庆山回来了，春儿觉得芒种参军的机会来了，那么芒种被部队接受了吗？他会被分配到什么任务呢？

春儿听说姐夫回来了，欢喜得多半夜没睡着。一清早起来，看见芒种在井台上挑水，就叫他放下桶到她这儿来一下。

"俺姐夫回来了，你和我去看看他！你就背上咱们的枪，我带你去，替你报个名儿，在他手下当个兵，有我这面子，总得对你有个看待。"

芒种咧嘴说："美的你！你姐夫是什么官儿，他出去了十几年，嚷的名声倒不小，到头来，一个护兵也不带，只是赶回来了一群羊，你还不觉寒碜哩！你看人家高翔，坐着大汽车，一群特务员，在子午镇大街一站，人山人海，围着里七层外八层，多么抖劲！我要当兵，也要到人家那里挂号去，难道当了半辈子小长活儿，又去跟他放羊？"

春儿说："去！你别这么眼皮子薄，嫌贫爱富的！你看过《喜荣归》没有，中了状元还装扮成要饭的花子哩！越是有根底的人越是这样。"【阅读能力点：两个人的对话，表现了芒种遇事只看表面，而

春儿却能更进一层。】

春儿从炕洞里把那支逃兵留下的枪扯出来，擦去了上面的尘土，放在炕上，芒种抓起来，春儿说："你先别动！"回身在破柜里拿出一件新褂子说："我给你做了一件新衣裳，你穿穿合适不合适？"

芒种高兴地穿在身上，春儿前前后后围着看了又看说："好了，背上枪吧！"

芒种背上枪，面对着春儿，挺直了身子。春儿又在枪口上拴了一条小红布，锁上门，两个人走到街上来。

到了五龙堂，高庆山和芒种在山里原是见过一面的，秋分又说了说芒种的出身历史和他们家的关系。春儿说了说这支枪的来历，高翔说正愁没个可靠的人哩，就叫芒种给庆山当个通讯员，又派人去取了两套新军装来，叫他们两个穿戴好，说这样才能压住今天的场儿，就忙着一同参加整编高疤队伍的大会去了。

整编这一带杂牌队伍的大会，在滹沱河一片广漠的沙滩上召开。事先，县里的动员会就派人下来，把附近最好的棚匠们组织起来，拉来杉篙、苇席，面对着河流，精扎细做，搭了一座威风、高大的阅兵台。

这天，从早晨起来就刮大风。阵阵的白沙，打着人们的脸，台前那条宽大的横幅标语，吹得鼓胀了起来，和河里的水浪，一同啪啪作响。标语上写着："巩固抗日民族统一战线，坚持敌后游击战争！"

【阅读能力点：虽然天气恶劣，却挡不住人们抗日的热情，表现了人们抗日的坚定决心。】

参加整编的队伍有子午镇高疤的一个团，角丘镇李锁的一个团和马店镇张大秋的一个团。三个团长穿得整整齐齐，站在台上，调动着自己的队伍。这些队伍挤挤撞撞，怎样也调动不开，简直是越调越乱，最后争吵起来，还有几支枪走了火。三个团长在台上跳着脚乱骂，要枪毙那走火的人，可又查不出来。快响午了，主持大会的高翔，请高庆山帮着把队伍调动一下，才最后争气了一些。【阅读能力点：两相对比，未整编的部队的劣势一览无余。】

第一个讲话的是高翔，高疤先叉着腿站在台边上介绍说："弟兄们，这是吕司令的代表高委员，拍手！"

台下乱鼓起掌来，高翔说："同志们！日本帝国主义侵占我们的国土，杀害我们的人民，现在又到我们家门上来了！日本人要灭亡我们的国家，叫我们给他当奴隶，我们怎么办？"

"打狗日的！"台下乱嚷。

高翔喊："打倒日本帝国主义！"

台下跟着他呼喊，狂风吹送着，河流奔腾着。【写作借鉴点：环境描写反映了台下人们高涨的抗日热情。】

高翔说："我们要保卫祖国，保卫家乡，把日本帝国主义赶出中国去。同志们，你们是抗日的英雄好汉，你们看到敌人来了，并没有逃跑，也没有投降，你们背起枪来，反抗侵略者，你们是光荣的，祖国和人民尊敬你们！我代表人民自卫军司令部政治部向你们致敬！"

台下欢笑着，队伍变得安静下来，高翔接着说："我们的同志，参加抗日的想法是不一样的：有的过去为生活压迫，夜聚明散，成了黑道儿上的朋友；有的是富家子弟，跟着枪出来的；有的是见今年年头不好，冬天不好过，出来混大锅饭吃的。今后，战争就要考验我

们，谁也不能投机取巧（指用不正当的手段牟取私利，也指靠小聪明占便宜）。我们要改造自己的思想作风，整编成有组织、有领导、有纪律的抗日部队！"

随后，高翔宣布了三大纪律、八项注意，以及一些官兵关系、军民关系的重要原则。接着说："我们进行的是正义的、光荣的战争，我们一定能够胜利。我们不怕日本人的武器好，只怕我们不齐心，不要看日本人占领了几座城池，我们要在他们的后方开展游击战争，建立抗日根据地！有枪的出枪，有钱的出钱，有人的出人，男女老少，一齐动员起来，破坏敌人的交通，扰乱敌人的后方。同志们！祖国仰仗我们，人民依靠我们，我们要勇敢地担负起解放祖国的任务，我们战争的目的是驱逐日本帝国主义，建立独立富强的新中国！"

最后，高翔宣布了司令部的命令，整编三个团为人民自卫军第七支队，高庆山为支队长，高翔为政治委员。

第五章

名师导读

芒种眼看要跟着部队走了，临行前有很多事情要做：向田大瞎子辞工，与老温和老常话别，当然，还有自己一直心系着的春儿……

田大瞎子这几天，整天躺在炕上，茶饭无心。那天听见汽车声，他以为是日本人来了，抓起小太阳旗儿就往街上跑，唯恐欢迎得迟了。到街上一看，竟是自己的儿媳妇，披着军装，跟着共产党高翔回来了，他赶紧把小旗一卷，挟在胳膊底下，低头回家，从此就没有起过炕。【阅读能力点：田大瞎子的热情在见到穿军装的儿媳妇那一刻被浇灭了。】

一天，芒种穿着一身新军装，背着一支大枪进来了。

"你这是干什么？"田大瞎子直起身来，虎着脸问。

"当家的！"芒种笑着说，"我不给你干了，我报上名当兵了！"

"唉！"田大瞎子吃了一惊，着急地说，"你这孩子，你怎么事先也不说一声儿！"

"怎么又怪我？"芒种说，"你不是早就说，今年冬里活儿少，人多用不开，叫我想别的活路儿吗？"

"我是叫你找个安分守己的事由儿，"田大瞎子挤着那一只失去光明的眼，"谁叫你跟他们胡闹去？他们净是什么人，你还不知道？会有什么好下场，说不定哪天日本人过来了，弄个风毛五散、斩尽杀绝哩！你是个正经受苦的孩子，听我的话，把衣裳扒下来，把枪还了他们去！我天大困难，也养得起你。咱们东伙一场，平日我又看你这小人儿本分，我才这样劝你，要是别人，我管他死活哩！"

　　芒种正在兴头儿上，听田大瞎子这样一说，女当家的也帮着腔儿，脸色和口气儿又是这么亲热，心里就有点儿拿不定主意，慢吞吞地说："那怎么行哩，我已经报上名了，谁都看见我背上枪了！"

　　【阅读能力点：芒种内心的彷徨，说明他还没有理解革命的意义。】

　　田大瞎子说："那怕什么，你就说当家的不让你干这个！"紧接着又摆手，"不要这么说！你还是说你自己不乐意！"

　　"我乐意！"芒种的心定下来，"我不听你们的话，死活是我自己找的，把我的活儿钱算一算吧！"

　　田大瞎子的脸一下子焦黄了，大声说："你怎么敢不听话！你不听我的话，我一个子儿也不给你！"

　　芒种也火了，说："收起你那大气儿来吧，不给我活儿钱，看你敢！"扶了扶肩上的枪，一摔风帘走了。

　　芒种从里院出来，到了牲口棚。老常刚刚耕地回来，蹲在门口擦犁杖，老温在屋里给牲口拌草，一见芒种这身打扮，就都笑着说："好孩子，有出息，说干就干！"【阅读能力点：说明老温是非常赞成芒种参军的。】

　　芒种也笑着说："我来和你们辞个行。咱们就了几年伴，多亏你们照看我，教导我。"

老常说："教导了你什么，教导你出傻力气受苦罢了，从今以后，你算跳出去了，有了好事由儿，别忘了我们就行了。"

芒种在长工屋、牲口棚里转了几转，在场院里站了一下，望了望紧闭的二门，才和老伙计们告别，走出了田大瞎子的庄院。

这是一九三七年的初冬：四野肃杀。一个十八岁的农民，开始跨到自由的天地里来。留在他身后的，是长年吃不饱穿不暖的血汗生活，是到老来没有屋子也没有地，像一只衰老的牲口一样，叫人家扔了出来的命运。从这一天起，他成了人民的战士，他要和祖国一块儿经历这一段艰苦的、光荣的时期。

实际上，高翔只是挂了个政委的空名，开过大会的第二天，就回高阳去了。把这个新成立的支队的全部工作留给高庆山，还要他负起整个县的地方责任来，留下李佩钟，做个助手，主要是叫她管动员会的事。

支队部就设在县城，在过去公安局的大院里。自从国民党官员、警察逃跑了，这里就只剩下了一个大空院。不用说屋子里没有了桌椅陈设，就是墙院门窗也有了不少缺欠；院子里扔着很多烂砖头。头一天，高庆山带着芒种到三个团部巡视了回来，坐没坐处，立没立处，到晚上，动员会的人员才慢腾腾送来两条破被子，把门窗用草堵了堵。

高庆山心里事情很多很杂乱，倒没感觉什么，芒种这孩子却有点儿失望。他想：听了春儿的话，不跟高翔坐汽车上高阳，倒跟他来住冷店，真真有点儿倒霉，夜里睡在这个破炕上，看来并不比他那长工屋里舒服。这哪里叫改善了生活哩？铺上一条棉被，又潮又有气

味，半天睡不着。【写作借鉴点：心理描写，表现了芒种对现状的不满。】

这样晚了，高庆山还没有睡觉的意思。他守着小油灯，倒坐在炕沿上，想了一阵，又掏出小本子来记了一阵。看他记完了，芒种探着身子说："支队长，眼下就立冬了，夜里很冷，这个地方没法儿住。我们还是回五龙堂家去，大被子热炕睡一宿吧！"

高庆山望着他笑了笑说："怎么？头一天出来，就想家了？"

"我不是想家！家里也没什么好想的。"芒种说，"我们为什么受这个罪，今儿个，你横竖都看见了，高疤他们住的什么院子，占的什么屋子？铺的什么，盖的什么？他那里高到天上不过是个团部，难道我们这支队部的铺盖倒不如他！"

"不要和他们比。"高庆山说，"革命的头一遭儿，就是学习吃苦，眼下还没打仗，像我们长征的时候，哪里去找这么平整宽敞的大炕哩！"

芒种听不进去，翻了个身，脸朝里睡去了。高庆山把余下的一条被子给他盖在身上，芒种迷糊着眼说："你不盖？"

"我不冷，"高庆山说，"我有十年不盖被子睡觉了。【阅读能力点：简短的话语透露了高庆山十年来生活的艰苦。】还有你这枪，不能这么随便乱扔啊，来，抬抬脑袋，枕着它！明天有了工夫，我教你射击瞄准！"

芒种在睡梦里嘟念："这个硬邦邦的怎么枕呀，指望背上枪来享福，知道一样受苦，还不如在地里拿锄把、镰把哩！"随后就呼呼地睡着了。

第六章

名师导读

李佩钟是田耀武的媳妇，却参加了革命，这到底是怎么回事？对这件事情，高庆山是怎么想的？

高庆山到院里转了一下，搬进两块砖头，放在头下，刚刚要吹灯休息，听见院里有人走到窗台跟前说："高支队长睡下了吗？"

李佩钟笑着走进屋里来，她穿着一身新军装，没戴帽子，黑滑的头发修整得齐着肩头，有一把新皮套的手枪，随随便便挂在左肩上，就像女学生放学回来的书包一样。【阅读能力点：李佩钟的表现总是与众不同。】

她笑着说："你这里像个大破庙，我那个动员会，简直是个戏台下处，出来进去，乱成一团。这里的工作，为什么这样落后呀，比起高阳来，可就差远了！高翔同志撂下就走，也不替我们解决困难。走，我们到电话局去给他打个电话！告诉他，我们连个坐、立的地方也没有，真真，这怎么叫人开展工作呀！"

"这样深更半夜，不要去打扰他吧！"高庆山说，"他那里的工作更忙。"

"你说对了，他真是个忙人！"李佩钟笑着说，"他是我们这里

的一个大红人儿！他没来的时候，我们这些土包子们，只知道懵着头动员群众，动员武装，见不到文件也得不到指示。他一来把在延安学习的、耳闻眼见的，特别是毛主席最近的谈话和讲演、抗日战争的方针和目的、战略和战术，给大家讲了几天几夜，我们的心里才亮堂起来，增加了无限的信心和力量。他忙得很，到处请他讲演，到处总有一群人跟在他后边，请他解决问题。高翔同志又有精力，又有口才，资格又老，历史又光荣，又是新从革命的圣地、毛主席的身边来的，我们对他真有说不出的尊敬。【阅读能力点：李佩钟已经被高翔深深地折服了。】他还给我们讲过红军长征的故事，提到了你，高支队长！你的历史更光荣，你给我讲个长征的故事吧，你亲身经历的，一定更动人！"

高庆山笑了笑说："十年的工夫，不是行军，就是作战。走的道儿多，经历的困苦艰难也多，可是一时不知道从哪里讲起。总的说起来，一个革命干部，要能在任何危险困难的关头，不失去对革命的信心，能坚定自己，坚持工作，取得胜利，这种精神是最重要的！"

【阅读能力点：透过这几句朴实无华的话语，让我们感受到了高庆山对革命无比坚定的信念。】

这时睡在炕上的芒种，说起梦话来。李佩钟看了看说："我认识他，这是我们家的小做活儿的。"

高庆山说："你给我讲讲你怎样参加的抗日工作吧，子午镇，你们那个家庭……"

"那不是我的家。"李佩钟的脸红了一下，"我和田家结婚，是我父亲做的主。"【阅读能力点：李佩钟并不认同父亲的决定。】

"听说你们当家的跑到南边去了,"高庆山说,"你能自己留在敌后,这决心是很好的。"

"高支队长!"李佩钟说,"不要再提他。你是我的领导人,我愿意和你说说我的出身历史。我娘家是这城里后街的李家。"

"也是咱们县里有名的大户。"高庆山说。

"我也不是李家的正枝正脉。"李佩钟的脸更红了,"我父亲从前弄着一台戏,我母亲在班里唱青衣,叫他霸占了,生了我。因为和田家是朋友,就给我定了亲。不管怎样吧,我现在总算从这两个家庭里跳出来了。"

"这是很应该的,"高庆山说,"有很多封建家庭出身的知识分子,参加了我们的革命工作。'七七'(指卢沟桥事变,发生于1937年7月7日,揭开了全国抗日战争的序幕)以前,你就参加革命活动了吗?"

"没有。"李佩钟说,"从我考进师范,在课堂上作了一篇文,国文老师给我批了一个好批儿,我就喜爱起文学来,后来看了很多文艺书,对革命有了些认识。可是我胆小,并没敢参加什么革命行动。抗日运动,对我是一个大提示、大帮助,它把像我这样脆弱的人,也卷进来了。我先参加了救国会的工作,后来又在高阳的政治训练班毕了业。"

"抗日运动是一个革命高潮。"高庆山说,"我们要在这次战争里一同经受考验,来证明我们的志向和勇气。"

"我想,和高支队长在一块儿工作,我会学习到好多的东西,主要是你的光荣的革命传统。"李佩钟激动地说,"我希望你像高翔同

志那样，热心地教导我吧！"

"我明天和你去把动员会的工作整顿整顿，不要什么事都去找高翔，"高庆山笑了一下说，"他既然把这里的工作委托给我们，我们就要负起责任来！"【阅读能力点：做事要自立自强，这是高庆山对李佩钟的要求。】

放在炕角上的小油灯细碎地爆着烛花，屋里的光亮，都是从破纸窗照进来的月色。在城墙根那里，有高亢的雄鸡叫鸣的声音，李佩钟说："你睡吧，你没有盖的东西，我到家里给你拿两条被子来吧！"

"你刚说和家庭脱离，就又去拿他们的被子！"高庆山笑着说。

"这里是我娘家。"李佩钟也笑了，"根据合理负担的原则，动员他们两床被子，不算什么！"

高庆山说不用，李佩钟就小声唱着歌儿走了。

第七章

名师导读

芒种跟着高庆山去动员会，按理说他参加了红军，应该在乡亲面前显摆显摆，但他却生怕遇见子午镇赶集的乡亲，这是为什么呢？

第二天，高庆山很早起来，到大院里散了一会儿步，把烂砖头往旁边拾了拾，才把芒种叫醒。芒种穿好衣服就跑出来，高庆山说："你那枪哩！"

"可不是，又忘记它了！"芒种笑着跑到屋里去，把枪背出来说，"背不惯这个玩意儿。要是在家里，早起下地，小镰小锄什么的，再也忘不了，早掖在腰里了。"【阅读能力点：早已习惯体力活儿的芒种对于现在的革命生活还没有适应。】

高庆山在烂砖上揭起一块白灰，在对面影壁上画了几个圆圈圈儿，拿过枪来，给芒种做了个姿势，告诉他标尺、准星的作用，上退子弹、射击的动作，说："每天早晨起来，就练习瞄准；晚上学习文化。把心用在这两方面，不要老惦记着喂牲口打水的了！"

芒种练了一会儿，说："打水？谁知道这里的井在哪儿，早晨起来连点儿洗脸水也没有！"

高庆山说："我们到动员会去吧！"

高庆山走在前面，芒种背着枪跟在后边。今天是城里大集，街上已经有很多人了。高庆山随随便便地走，在人群里挤挤插插，停停站站，让着道儿。芒种觉得他这个上级，实在不够威风，如果是高疤，前边的人，老远看见，早闪出一条胡同了。他不愿遇见子午镇赶集的乡亲，叫他们看见这有多么不带劲呀？【阅读能力点：芒种觉得高庆山的行为不够威武，自己跟着他很丢面子。】

动员会设在旧教育局。这样早，这里就开饭了。院子里摆满了方桌板凳，桌子上摆满了蓝花粗瓷碗和新拆封的红竹木筷。两大柜子卷子放在院当中，腾腾冒着热气，在厨房的门口，挤进挤出的，净是端着饭碗的人。

李佩钟也早起来了，梳洗得整整齐齐，站在正厅的高台阶上，紧皱着眉头。看见高庆山来了，就跑过去小声笑着说："你看这场面，像不像是放粥？都是赶来吃动员饭的，谁也认不清都是哪村的。"

"这就好，"高庆山说，"能跑来吃这碗饭，就是有抗日的心思。现在，主要的是要领导，要分配给他们工作！"

"什么工作呀？"李佩钟说，"放下饭碗一擦嘴就走了，你看那个，不是？"

高庆山看见有几个人吃完饭，把饭碗一推，就拍拍打打，说说笑笑出门赶集去了。他说："这是因为我们还没有建立起工作制度来。我们到屋里研究一下吧！"【阅读能力点：高庆山他是一个沉着冷静的人，并没有因为人们的行为而生气，而是要立刻研究对策。】

等他们进屋，芒种就到大柜子那里抓了三个热卷子，在手里托着，蹲在台阶上吃，他猛一抬头，看见春儿来了。

"我给你送了鞋来！"春儿小声说，"捎着看看城里抗日的热闹！"

"还没吃早晨饭吧？"芒种把手里的卷子递给她一个说，"快到里面吃点儿去！"

"俺不去，人家叫吃呀？"春儿笑着说。

"谁都能吃，这是咱们动员会的饭！"

芒种把她拉了进来，春儿说："等等，还有一个人哩！来吧，变吉哥！"那边站着一个细高个儿穿长袍的中年人，举止很斯文。春儿对芒种说："你认识不？他是五龙堂的，又会吹笛儿，又会画画儿，来找俺姐夫谋事儿的！"

叫变吉的那个人慢慢地说："我是觉着有些专长，埋没了太可惜，在国家用人的时候，我应该贡献出来！"【阅读能力点：变吉哥想为革命贡献自己的一份力量。】他说着站起来，从怀里掏出一个纸卷儿，在方桌上打开。那是四张水墨画儿，他小心地按住四角，给芒种看，请芒种指导。

芒种翻着看了一遍，说："这画儿很好，画得很细致，再有点儿颜色就更好了。可是，这个玩意儿也能抗日吗？"

"怎么不能抗日？"变吉的脸红了，"这是宣传工作！"

芒种赶紧说："我不懂这个，那不是支队长来了，叫他看看！"

高庆山仔细地把四幅画儿看过说："你的画儿比从前更进步了，抗日工作需要美术人才。你以后不要再画这些虫儿、鸟儿，要画些抗日的故事。"【阅读能力点：高庆山一眼看出了变吉哥的能力，可谓慧眼识英才。】

"那是自然。"变吉说,"我是先叫你看看,我能画这个,也就能画别的,比如漫画,我正在研究漫画。"他说着从怀里又掏出一个小画卷,上面画着一个瞎了一只眼的大胖子,撅着屁股,另有一个瘦小的老头儿,仰着脖子,蹲在下面。

芒种一见就拍着手跳了起来,说:"这张好,这张像,这画的是田大瞎子和老蒋。这不是今年热天子午镇街上的黑贴儿吗?敢情是你画的!"【阅读能力点:从芒种的话中我们不难听出,变吉哥一直在用自己的方式坚持革命。】

"这几年,你怎样过日子呀?"高庆山仔细地给他卷着画儿问。

"从你走了,我就又当起画匠来。"变吉说,"给人家画个影壁,画个门窗。那天听说你回来了,我就到堤上去,谁知你又走了。我想你做了大官儿,早该把我们这些穷棒棒们忘到脖子后头去了哩!"

"你说的哪里话,"高庆山笑着说,"我怎么能把一块儿斗争过、一块儿生死患难过的同志们忘记了哩?"

"没忘记呀?"变吉站起来大声说,"你等等,外边还有人!咱那一片的,十年前的老人儿们都来了。叫我打个前探,他们都在西关高家店里等信儿哩,我去叫他们!"【阅读能力点:原来变吉哥是来打头阵的,他的身后还跟着一帮兄弟。曾经和高庆山一起战斗的人们又要并肩作战了。】

高庆山笑着说:"他们远道走来,我和你去看他们吧!"两个人说着走到街上,芒种跟在后面,春儿也追上来了。到了高家店,在正客房大草帘子门前的太阳地里,站着一大群穿黑蓝粗布短裤袄的老乡亲们。这里边，有些年纪大些，是高庆山认识的，有些年岁小的，他一时记不起名字来。十年前在一家长工屋里，暴动的农民集合的情形，在他眼前连续闪现。他上去，和他们拉着手，问着好儿。

那些人围着他说："我们以为你的衙门口儿大，不好进去，看起来还是老样子，倒跑来看我们！"又说："当了支队长，怎么还是这么寒苦，连个大氅也不穿？就这么一个跟着的人？你下命令吧，我们来给你当护兵卫队，走到哪里，保险没闪失！"

高庆山说："还是和咱们那时候一样，不为了势派，是为打日寇。【阅读能力点：高庆山的做事原则十年如一日，一直没有改变。】我盼望乡亲们还和从前一样勇敢，赶快组织起来！"

"是得组织起来！"人们大声嚷嚷，"可是，得你来领导，别人领导，不随心，我们不干！"

"就是我领导呀！"高庆山笑着说。

"那行！"人们说，"我们就是信服你！"

五龙堂的人们正筹备农会，子午镇却先把妇女救国会成立起来了。县里来的委员李佩钟，把全村的妇女召集在十字街口，给人们讲了讲妇救会的任务，说目前的工作就是赶做军鞋军袜。讲完了话，她把春儿找到跟前，叫她也说几句，春儿红着脸死也不肯说。

高疤新娶的媳妇俗儿，正一挤一挤地站在人群头里，看见春儿害羞，就走上去说："她大闺女脸皮薄，我说几句！"【阅读能力点：俗儿是个大胆泼辣的人。】她学着李佩钟的话口说了几句，下面的妇女们都拍着巴掌说："还是人家这个！脸皮又厚，嘴也上得来，这年头就是这号人办事，举她！"接着就把俗儿选成子午镇的妇救会主任，春儿是一个委员。

俗儿开展工作很快，开过了会，下午她就叫着春儿分派各户做鞋，又把村里管账先生叫来，抱着算盘跟着她们。

俗儿走在头里，她说："先从哪家派起哩？"

管账先生说："按以前的旧例，派粮派款，都是先从西头小户起头，就是春儿家。"

春儿说："去年的皇历，今年不能使了。从脚下起，就得变个样儿！"

"我也是那么说，"管账先生笑着说，"从前旧势派，净是咱们小门小户的吃亏受累，眼下世道变了，你们说先从哪家派起吧！"

"我说先从田大瞎子家，"春儿说，"他家是全村首富，按合理负担，也该领个头。你们敢去不敢去？"

"怎么是个不敢呀？"俗儿说，"他是老虎托生啊，还是家里养着瘆人猫？走！"说着，兴冲冲地向前走去。俗儿领着头，春儿在中间，管账先生磨蹭在后面。

迈过了高大的梢门，春儿觉得心里有点儿发怵。从前，她很少来到这个人家，就是有时到他家场院，摘东借西，使个碾啦磨的，没有点儿人情脸面，也不敢轻易张嘴。逢年过节，她这穷人家的女儿，不过是远远看看这大户人家门前挑起的红灯和出来进去穿绸挂缎的人们的后影儿罢了。她紧跟在俗儿的后边问："他家的狗拴着没有？"

"管他拴着不拴着，它咬着我了，叫他养我一冬天！"俗儿说着走上二门。

田大瞎子的老婆慢腾腾走出来，站在过道里阴阳怪气地说："谁呀？这是。"

"我们！"俗儿说。

"有什么事吗？"

春儿说："也没有什么别的事，就是派你们做几双鞋！"

"给什么人做鞋呀，这么高贵？劳动着你们分派？"田大瞎子的老婆说，"我们家可没人做活儿！"

"给抗日战士做的，没人做活儿你就雇人做去！"俗儿说。

"什么叫抗日战士呀？"田大瞎子的老婆笑着说，"我大门不出二门不迈的，可没听说过这个新词儿。抗日战士是你们的什么人儿呀，他们穿鞋，叫你们这大姑娘小媳妇的来出头找人！"

"你别说这些没盐没酱的淡话，我们这是公事！"俗儿和她吵起来。

"俺们这个人家，可不和你们这些人斗嘴斗舌！"田大瞎子的老婆后退一步说，"该俺们做几双呀？"

"按合理负担，"春儿说着，回头问管账先生："他家有多少地？"

管账先生冲着田大瞎子的老婆笑了笑说："老内当家的！大先生的病好些了吗？啊！他家三顷二十亩地，"他拨着怀里的算盘，"一共是该交七双！唉，这么摊派，数目叫大一点儿！"【阅读能力点：管账先生首先询问田大瞎子的病情，然后再说正事，还语带愧疚，说明了他的八面玲珑。】

"七双！"田大瞎子的老婆的两只眼暴了出来，"你们安的什么心，我们家开着鞋帽铺的吗？你们打听打听，几辈子的工夫了，我们这个门户，什么时候成了大头？"

"谁叫你家种那么多地呀？我倒想多做几双，有吗？"春儿说，"这是抗日，谁也不能有话说！"

"抗日？"田大瞎子的老婆一下子掌握了这个名词的讲法，"这么说，我们家还有抗日的哩，俺的儿媳妇还是县里的委员哩！不叫她来，就有了你们？她穿的鞋脚，我不跟你们要就是了，你们倒来派我一大堆！"

"你别说那个！"俗儿说，"有抗日的就不做？我的男人还是个团长哩，我就不做了？"

"别提你吧！"田大瞎子的老婆拍着手说，"我听了倒牙！"

"你放屁！"俗儿跳着一只脚骂开了，两个人还撕扯在一起。

田大瞎子不能再装病，披着一件袍子从正房跑出来，大声吆喝："反了！找上门来打人，好！到县里去告她们，我田家还有个媳妇哩！"【阅读能力点：田大瞎子眼看老婆要吃亏，赶紧出来帮着扳回局面。】随手就撒开了大黑狗，俗儿跳起来，乱着头发跑出来，春儿也跟着跑出来，大黑狗一直追到街上，差一点儿没叼住她的裤子。

"走！"俗儿在街上扬着两只手喊叫，"田大瞎子，我们手拉手儿到县里！我不告你别的，我就告你个破坏合理负担！"

看热闹的人们站满了街，都说："这倒有个看头，看看谁告下谁来吧，一头是针尖儿，一头是麦芒儿（也称"针尖儿对麦芒儿"，比喻双方都很厉害，互不相让

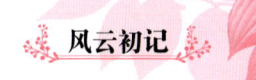

第八章

名师导读

高疤带着自己的部队气势汹汹地回来了！原来他是受不了部队里的纪律和训练。在老蒋的唆使下，他会不会放弃革命这条道路呢？

结果，闹了半天，谁也没有去告谁。

田大瞎子心里明白：到县里去，吉凶未卜。虽说自家的儿媳妇是个委员，可也不见得就和他一个鼻孔出气儿。现在全县的大拿是高庆山，那明明是他十年以前的活对头。更要紧的是，俗儿的男人是高疤，眼下是个团长，这家伙心毒手黑，不能得罪他。【阅读能力点：田大瞎子心里有自己的小算盘，他可不想因为一时之气让自己处于劣势。】

俗儿的状也没有告成功。她走到村边，正迎上高疤骑着一匹大红马，从城里回来。俗儿看高疤脸色不好，就问他怎么了。

高疤说："司令部的命令，叫我去受训学习，你说叫人生气不生气？"

"什么叫受训学习？"俗儿问。

"说得好听，军事、政治一大套。我看，不过是过河拆桥要把我踢出去！"

"就你一个人，还是别人也去？"【阅读能力点：这句问话的目的是在指明司令部的命令并不是针对他一个人。】

"人多了。成立一个军事队、一个政治队，还说是带职学习，学习得好，还可以高升。"

"那也不错，去学学怕什么？"

"你摸清他们打的是什么主意？我怕到那里把枪一下，毙了哩，前不久，高阳那里就毙了一个土匪头儿！"

"我想不会那样。"俗儿笑着说，"那天，高翔讲得很好。"

"不要光听他讲，"高疤说，"咱们底子不正，近来到高庆山那里反映我的，想也少不了。就往好里说吧，叫你学习，把你送到山沟里，吃沙子米睡凉炕，跑步爬山，站岗勤务，我白干了这些日子团长，又去受那个？"

"不受苦中苦，难为人上人。"俗儿又说，"你从小不也是受苦出身？你看人家高庆山，说起来受的那苦更多哩！"【阅读能力点：俗儿在用高疤能明白的方式劝说他跟着共产党走。】

"高庆山这个人，我摸不透！"高疤说，"按说，对待咱们也不错，就是脾气古怪。这些日子净叫我们开会，我、李锁、张大秋，谁后面也是跟着十几个人，他就只有一个小做活儿的，背着一支破枪。那天我们三个团长议合了一下，说支队长走动起来，不够体面，和我们在一块儿，我们人多他人少，也不合人情。我们决定一人送他两匹马，两个勤务员，两把盒子。谁知给他送去了，他不收，还劝我们把勤杂人员减少减少，按编制先把政治工作人员配备起来。你看，这些共产党人，有福也不知道享，生成受罪的命，和他们在一块儿干，有

什么指望？"【阅读能力点：高疤对共产党的做法十分费解，觉得跟着他们没有前途。】

"你打算怎么样呢？"俗儿皱着眉问。

"今儿个接到命令，叫文书给我念了一下，没听完，我就拉起马，家来了！我不去学习，他们逼急了我，我不定把队伍拉到哪里去哩！"高疤说。

"我劝你不要那样。"俗儿拍着高疤的腿说，"别人能学习，你就不能去？再说学点儿能耐，认识个字儿也好啊！"

"认识字儿有什么用？"高疤说，"我要有念书的命，从小就不干那个了！有胆打日本鬼子就算了，还要学什么习！"

俗儿说："你不去学习也好，要和人家好好商量。不要胡思乱想，人家跟你出来，都为的打日本鬼子，落个好名帖儿，你能把队伍拉到哪里去啊，跟着蒋介石往南边逃，还是投日本人当汉奸？这两条道儿我看都走不得。"【阅读能力点：俗儿帮着高疤分析目前的处境，她还是比较有远见的。】

高翔用电话通知高庆山，叫他好好掌握部队，进行战事动员和教育。高庆山召集团长和干部们开会，竟没有高疤，李锁说他昨天没请假就回子午镇去了，怕是不愿意学习。高庆山考虑了一下，开完会，带着芒种，骑着自行车到子午镇一带来。

五龙堂村不大，高庆山一进南口，连站在北口的人都看见了。正是吃早饭的时候，全村的男女老少都跑到街上来，一手端着一大碗山芋白菜粥，一手攥着一块红高粱糁饼子，这就是农民冬天的好饭食。

高庆山向那些年纪大的说："大伯、大娘，结实呀？"

"结实。受苦的命儿,有个死呀?"老头、老婆儿们笑着说,"你们看,庆山这孩子多礼性,他要不叫我,我可不敢认他!怎么这孩子老不大胖呀?太操心呀!"

　　那些年轻的小伙子们就只冲着高庆山笑,高庆山一个个地问他们:"参加自卫队了吗?会打枪了吗?"小媳妇们站在婆婆的背后,提着脚跟瞧。高庆山抱起一个小孩子放在车上推着,走一截就换一个,年轻的母亲们都高兴地说:"快下来!叫你叔叔歇歇!"【写作借鉴点:细节描写,表现了高庆山的和蔼可亲,他在用实际行动做表率,让人们感受到红军的好。】

　　老年人们又叹息着说:"唉!真是共产党能教导人呀,你们看这些行事和言谈。庆山小的时候,多淘气,净好坐在树老刮把里往下拉屎!怎么样啊,庆山,日本鬼子过来了吗?"

　　高庆山说:"不要紧。过来就打他,不能叫他站住!"

　　"可得打呀!"老婆儿们说,"你大伯大娘的老命都交靠给你了啊,孩子!"

　　"大家组织起来一块儿打!"高庆山说。他一路走着,宣传着,动员着,使得五龙堂全村的人心里又亮堂,又快乐。他出了北口,上了堤坡,看见了他家的小屋。小屋在冬天早晨的太阳光照射下,抹着橘子的黄色。高四海正要赶羊到河滩里去,看见儿子来了,就站在门口,打火抽着一锅烟。【阅读能力点:高四海想和儿子多亲近亲近。】

　　"村里的农会组织起来没有?"高庆山问。

　　"正在写名儿,"老人说,"他们推我当什么主任,我说叫别人

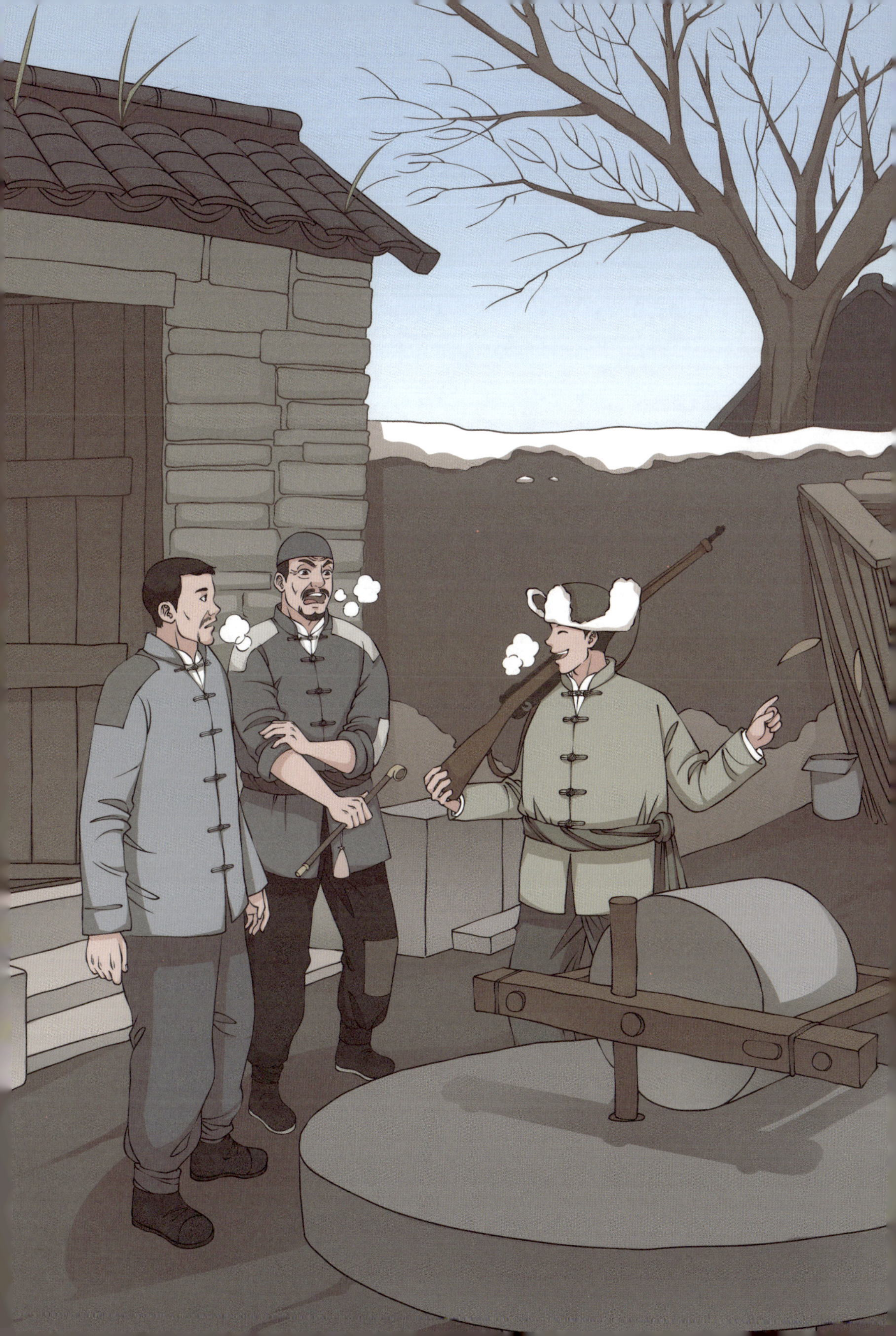

干吧！"

"大家既是推你，你就担任嘛！"高庆山笑着说。

"那不叫人家说我是凭着儿子的威风？"老人说，"我看你们也不一定能成事。"【阅读能力点：高四海不看好儿子的革命事业。】

"为什么？"高庆山问。

"你们的家伙不行！"老人说，"只就眼面前的东西来说，日本人有飞机大炮，你们就只有一些坏枪和土造。"

"只要打起来，我们就什么都会有了，"高庆山说，"红军的历史就是这样，起先什么也没有，越打人越多，武器也越好，地面也越大。打仗，就是革命发家的本钱。不要只看见日本人的飞机大炮，除去这个，他就什么也没有了。他们是在侵略中国。历史上，没有一个侵略者能在别人国家的土地上长久站住脚的。他们都是凶猛地攻进来，凄惨地败回去，侵略行为是一种天大的罪恶。日本，现在正做着甜梦，等我们打得他醒过来，他会来不及后悔他眼前悲惨的命运！我们的部队，是在保卫自己的国家，打走进门的强盗，我们的战士们都是勇敢的，会夺取敌人的武器，武装自己。"

"不提武器，你们的人也不行。"【阅读能力点：看来高四海对儿子的事业是进行了多方面分析的，他对儿子搞革命的否定并不是信口开河。】老人说，"十年前那回，你记得不，人马多么整齐！现在哩，不用说队伍里乱七八糟，就按地方上说吧，子午镇的妇救会主任是高疤的媳妇俗儿！春儿和她搭伙计，还当她们的下手，她干，我们就不干，日子长了，还洗不出好歹人来了哩！"

"不能那么宗派，"高庆山说，"革命会把一些人变好的，没有

天生的坏人。"

芒种笑着说:"大伯不愿意干就叫他老人家歇歇吧,老老搭搭的了,管起事儿来,也不见得行!"【阅读能力点:芒种这是激将法。】

"你说什么,芒种?"老人一拧脖子红着脸说,"你说我老了?我看我一点儿也不老!你这小人家,敢和我这老人家比试比试?是文是武,动手劲还是动心劲?做庄稼活儿,我不让你一锄一镰,论打枪,你才几天,毛胎孩子,我闭着眼也比你瞄得准!"

"那为什么一提日本人,你就那么胆小,连个农会主任也不敢承当哩?"芒种背着脸偷偷笑着说。

"我怕日本人?"老人说,"等他们过来叫你看看吧!我不敢当农会主任?这不是说,五龙堂的农会要不是我领导,那才怪哩!"

第九章

名师导读

高庆山想找高疤谈谈，高疤却跑到田大瞎子家吃酒去了。既然谈话工作没法儿开展了，那么高庆山接下来又会去干什么呢？

高庆山和芒种又往子午镇去找高疤，高疤被田大瞎子请去喝酒了。

从俗儿家出来，穿出小胡同就是村北野外，高庆山低头走着，他的脚步有些沉重，他说："我们到地里去吧，和那些做活儿的老乡们谈谈！"

"那我们就找老常去，那边使着两个大骡子耕地的就是他！"芒种说。

正北不远，有一个中年以上，穿蓝粗布短袄，腰里系着褡包的农民，一手扶着犁，向外倾斜着身子，断续地吆喝着牲口。

"老常哥！这是我们支队长！"芒种给他指引着。

"那些年见过，"老常笑着说，"方圆左近的人，谁不知道他？"

高庆山过去扶着犁杖说："老常哥，我给你耕一遭吧？"

老常说："我知道你也是庄稼人出身，可是这牲口不老实，有点

儿认生！"

"不要紧！"高庆山笑着拾起缰绳，扶正犁把，吆喝了一声。这是农民的声音，牲口顺从地走下去了，高庆山回头笑了笑。【阅读能力点：高庆山虽然一直在搞革命，但他原本就是个种地的行家里手。庆山的这一耕地行为，拉近了和老常的关系。】老常说："真有两下子，没怨能带兵打仗哩！"

耕了一遭地回来，高庆山也和他们坐在一块儿，说："子午镇有多少长工呀？"

"大二三班，一共有十六七个哩！"老常抽着烟说。

"你们该组织一个工会。"

"该是该，"老常说，"就是没人领头操扯哩！"

"你就领头呀！"

"我？"老常笑了笑，"哪里有工夫呀？吃人家的饭，连睡觉的工夫都是人家的！再说，当家的也不让你去掺和那个呀！"

"这不是当家的事，他管不着。"高庆山说，"把工会组织起来，我们工人就团结得紧了，学习点儿文化，脑筋也就开通了，我们是打击日本帝国主义的坚决力量，我们要参加村里的工作，有能力还可以当村长哩！"

"当村长？"老常笑了，"咱可干不了。自古以来，哪有长工当村长的？把吃喝改善改善，多挣点儿工钱，少干些下三烂的活儿，就心满意足了！"【阅读能力点：老常不敢奢望那些自己认为不切实际的事情。】

"在工作和战争里锻炼。"高庆山说，"把日本鬼子打出去，局

面大了，省长、县长，也会叫我们当的！"

"好，我回去串通串通。"老常说着站起来，"我不陪你们坐着了，叫当家的看见了，不好。"

这些日子，冀中平原的形势紧张起来。日本人顺利地爬过黄河以后，感觉到有一种力量，在他的脚踝上狠狠插上一刀，并且割向他的心腹。起先他没把吕正操这个名字放在眼里。这个年轻的团长，在整个国民党军队溃退南逃的时候，在大清河岸，奋起反击了日本帝国主义。他们挺身反抗侵略，扫除了在军民之间广泛流行的恐日情绪。部队损失了一半，青年将领并没有失望，他和地方上共产党组织的武装结合起来，在平原上坚定地站住，建立了一个光荣的根据地。【阅读能力点：吕正操身体力行，让人们看到了抗日的希望。】当日本人明了吕正操竟是一个共产党的时候，才深深恐慌起来，他布置向冀中平原进攻，沿平汉线增加了部署，在北线，进占了河间，威胁着高阳。

第十章

名师导读

春儿要和俗儿一起去田大瞎子家要鞋，俗儿退缩了，春儿只好独自去。她能顺利地要到鞋吗？

冀中人民热情支援抗日的部队，农民们做的鞋都交上来了。春儿一双一双地检验，这些青年妇女们都很高兴，她们这是第一次给保家卫国的战士们做的针工。她们第一次给家庭以外的人做活儿，这些人穿上她们的针线，在战场上抗击进犯乡土的敌人。她们在夜晚丈夫和孩子睡下以后，掌起灯来做到鸡鸣。她们在货郎担上选择顶好的鞋面，并且告诉掌柜：这不是给自己的丈夫做，也不是给自己的孩子做，是给抗日的军队做的。她们手里扬着鞋面回家，就像举起小小的、一面坚决抗日的旗帜。【写作借鉴点：用比喻的手法表现了妇女们高涨的抗日热情。】所有的人望着她们，她们自己感觉到了荣耀，在众人心中引起了钦佩。

就差田大瞎子家的七双。春儿找了俗儿去，要一同去催，俗儿这两天不积极了。俗儿有时顾前不顾后，很能冲锋陷阵，可是她的思想感情变动得太厉害。

高疤倒是回城里去了，那天吃了田大瞎子一顿饭，回来对俗儿

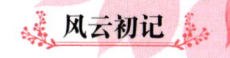

说："你不要当她们的枪使，日本人占了河间，高阳不知道能不能站得住。我们和春儿不一样，她是和高庆山睡一铺炕的人儿，自然一心保国，我们得留一只后手，不要再得罪田大瞎子！"【阅读能力点：高疤的话是俗儿抗日决心动摇的根本原因。】

今天早晨，又听见日本人进攻的炮响，俗儿有点儿害怕。这些日子，她和春儿也闹不团结。她看见村里的年轻妇女们，都向着春儿，对于她，不过是眼面前地怕情，她知道自己在众人眼里的地位。当春儿叫她一块儿到田大瞎子家里催鞋，她托词不去。

春儿挺直身子，一个人走进了田大瞎子的庄宅，正赶上田大瞎子送他的客人出来。这客人像一个退休的官员，又像一个跑合（旧时指说合生意）的商人。他从敌人占据的保定来，那天请高疤吃饭，陪的就是他。

望见春儿，田大瞎子把眼一翻说："又来干什么？"

"来拿鞋！"春儿站住说。

"什么鞋？"客人问。

春儿说："给抗日战士做的鞋！"

"你看，"那个客人对着田大瞎子一笑，"这么大的闺女，不坐在炕头上纺线，要不就到野地里拾柴火去，她也跟着抗日！日本那么好抗？你能抗住飞机大炮？日本人就快过来了！"【阅读能力点：这个人代表了很大一部分见风使舵的人，他们只看谁的拳头硬，却不分黑白。】

"日本人过来，有人打他！"春儿说，"你这是干什么？你不愿意叫我们抗日吗？"

"我是为你好，"客人嘻嘻地笑着说，"一个庄稼人，谁过来了不是做活儿吃饭，谁来了不是出差纳粮？不要听那些学生们胡说八道，整天价花着爷娘不心疼的钱，不好生念书，抗日，抗日，我说吧，日本人进攻中国，都是他们招惹来的是非！"

"听你的口气，像是个汉奸！"春儿狠狠地说。

"野闺女！"田大瞎子推了春儿个后仰说，"你敢骂我的客！"

春儿爬起来，哭着喊："你们怕人骂汉奸，就别放那些汉奸屁呀！"

田大瞎子追过来，还要动手。老温用起粪叉一拄，跳出了粪坑。他穿得很单薄，带着两鞋泥粪，跑过来一把拦住说："当家的，你别打人啊！人家是个女孩子，才有多大？这说得下理去吗？"【阅读能力点：眼看春儿要吃亏，老温立即来替她解围。】

田大瞎子大声叫："你一个臭做活儿的，敢来管当家的事！快给我跳下猪圈起粪去！"

"好，出力气做活儿，吃不饱，穿不暖，我们倒臭了？"老温说，"从今天起，看看在大众面前，臭不可闻的，到底是谁吧！"

"真的是五鬼闹宅，"田大瞎子说，"你也反了，你不要只看见城里那么一班人，你听见炮响了没有？"

"没听见。"老温说，"我们不盼望外国人，我们不想当汉奸！"【阅读能力点：老温正义凛然，是抗日的中坚力量。】

"你给我滚蛋！"田大瞎子飞起一条腿，正踢在老温的小肚子上。老温抱着肚子，趴在地上，哼哼着喊叫："春儿，去到县里告他！"春儿答应着走了。

田大瞎子说："看见你们那群毛毛官儿了，走，我和你们去当堂对质！老常，套车！"

老常正在村北近处耕地哩，听见家里吵嚷，丢下犁杖跑了来，一看见老温趴在地上打滚，就过去扶了起来。

田大瞎子这回敢去告状，是因为听见了日本人进攻抗日人民的炮响。是因为高疤曾经在他家吃了一顿饭，也有点儿仗恃他的儿媳妇新近又升了县政指导员。他要在来客面前显显他的威风，做他恢复政权、重新统治人民的本钱。【阅读能力点：田大瞎子自认为有着三重保障，底气十足，气焰嚣张。】

田大瞎子一脚踢成了子午镇好久组织不起来的工人抗日救国会。全村十七个长工听见消息，都跑到老温的床前，立时写上了名字，按上手印，选举老常当他们的主任，叫他去追赶春儿，一同进城。

县政府门前是一片破砖乱瓦，自从国民党官员仓皇南逃，还没有人收拾过。人民自卫军成立以后，忙的是动员会和团体的事，政权是新近才建立。上级委任了李佩钟当县政指导员，她觉得动员会的事，刚刚有了些头绪，自己也熟练了，又叫她做这个开天辟地（中国古代神话传说，指盘古开辟天地，开始有人类历史。后常比喻空前的，自古以来没有过的）的差事，闹了几天情绪。上级说："革命的基本问题就是政权。"又说："为了妇女参政，我们斗争多少年，今天怎么能说不干？再说，县政指导员就等于县长，妇女当县长，不用说在历史上没有，就在根据地，李同志也是头一份呀！"她才笑着答应，说干一干试试，不行再要求调动。

昨天才搬到这个大空院里来。她喜欢干净，把自己住的房子，

上上下下扫了又扫,看见门台上有一盆冬天结红果的花,日久没人照顾,干冻得半死。她捧了进来,放在向阳的窗台上,叫老差人弄些水来浇了浇。李佩钟找来一张大红纸,在上面写下"人民政府"四个楷体大字。她跳到大堂的桌案上去,在那块旧的匾额上面,重重地抹上了一层糨糊,仔细地把红纸贴在上面。端详着这四个大字,李佩钟心里一阵激动,眼眶充满了热泪。

"县长,有人来打官司!"老差人低声叫,"你快进去,等着击鼓升堂。"

李佩钟往外一看,一个女孩子走进来,后面跟着一个中年的农民,都很眼熟。原来是春儿和婆家的领青长工老常。

"我们来打官司,"春儿说,"告的就是你公公!"

李佩钟的脸上发烧,老差人给她搬来一张破椅子,放在审判桌案的后面,她摇了摇头,问:"为了什么?""派了他军鞋他不做,我去催,他推了我一个跟头,还踢伤了工人老温,你说该怎么办?"春儿说。

老常说:"我就是证人。"

"他是咱村新选的工会主任,他也看见了。"春儿说,"你公公也来了,就在后面。"

"喂,这位小姑娘,"老差人招呼着春儿,"你是来打官司,又不是在炕头上学舌儿,什么'你公公''你公公'的,被告没有名、姓吗?"

"我们不知道他的学名儿叫什么,那不是他来了!"春儿向后一指。田大瞎子到了,他自己没套上车,走来的。他从小没有走过

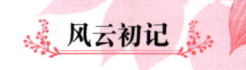

远道，十八里的路程，出了浑身大汗。他面对着正堂站住，大声说："现在打官司，还用递状纸不用？"

看见公公，李佩钟心里慌乱了一阵，她后退一步，坐到椅子上，掏出了笔记本，说："不用状纸，两方面当场谈谈吧！""两方面？哪两方面？"田大瞎子问。

"原告、被告两方面！"李佩钟说。

"谁是被告？"田大瞎子又问。

"你是被告，你为什么推倒抗日干部，并且伤害工人？"李佩钟红着脸问。

"好，你竟审问起你的公爹来了！"田大瞎子冷笑一声。

"这是政府，我在执行工作。"李佩钟说，"不要拉扯私人的事情。"【阅读能力点：李佩钟这是要公事公办了。】

"政府？"田大瞎子说，"这个地方，我来过不知道有多少次，道儿也磨平了，从没见过像你们这破庙一样的政府。"

"我们都还没见过。"李佩钟像在小组会上批驳别人的意见一样，"你看见上面这四个字儿？这是人民政权的时代！"

田大瞎子死顽固，从来不看新出的报纸，对这些新词儿一窍不通（窍，洞，指心窍。没有一窍是贯通的，比喻一点儿也不懂），不知道怎样回答。这时不知谁传出去的消息，大堂上围满了人，来看新鲜儿。高庆山讲完了话，也赶来站在人群里看，芒种挤到前面，两只眼睛盯着春儿，使得春儿低头不好，抬头也不好，红着脸直直地站着。可是她觉得胆壮了，她问："李同志，我们这官司要落个什么结果呢？"

田大瞎子的脸一阵红一阵白，他觉得在大众面前，丢了祖宗八代的体面。他要逞强，他说："不能结案，我还没有说话哩！"

李佩钟说："准许你说。是村里派了你做军鞋，你到时不交吗？"

"我没交。"田大瞎子说，"为什么派我那么多？"

"这是合理负担，上级的指示。"春儿迎上去。

"合理？"田大瞎子说，"你们都觉着合理，就是我觉着不合理。"

这是一句老实话，李佩钟听了差点儿没笑出来。她瞟了高庆山一眼，看见他在那里严肃地站着，静静地听着，她又镇下脸来问："是你踢伤了长工老温吗？"【写作借鉴点：先是一笑，后来一镇脸，将李佩钟的心理活动描写得活灵活现。】

"那是因为他多事，一个做活儿的哪能干涉当家的？"田大瞎子说。

"你动手打人，他就有权干涉，做活儿的并不比当家的低下。"李佩钟说，"你推倒了春儿吗？"

"那是因为她骂了我的客人！"

"什么客人？哪里来的？有通行证没有？"李佩钟紧跟着问。

田大瞎子沉默了一下，说："你这叫审官司吗？你这是宣传。你专门给他们评理，他们是你的亲人，我连外人都不如！"【阅读能力点：田大瞎子打算趁机打感情牌。】

看热闹的人们，全望着李佩钟，李佩钟站起来，说："既然都是事实，你也承认，我就判决了：不遵守抗日法令，破坏合理负担，罚你加倍做鞋。推倒干部，踢伤工人，是严重的犯罪行为，你回村要在群众面前，向春儿和向受伤的工人赔不是。你要负担工人的所有医药费用。工人伤好了，只许他不干，不许你不雇，还要保证今后不再有这样的行为发生！"李佩钟宣判完毕，转身问春儿："这样判决你们有什么意见？"

"意见倒没什么意见了，"春儿说，"只是受伤工人的吃食上头，坏的他吃不下，好的我们又没有。被告回到村里，要逢集称上几斤点心，买些鸡子儿、挂面什么的送过去，这才算合理。我就这么点儿，看看俺村的工会主任还有什么意见？"她回头看看老常。【阅读能力点：从春儿的话可以看出，她是一个细心、务实的人。】老常赶紧摇了摇头。

田大瞎子说："像你说的，我还得买点儿干鲜果品、冰糖、白糖哩！聘闺女娶媳妇，我也没有这么势派过！"

"势派势派吧，从前你拿着工人不当人看待，好东西都自己吃了，你既然愿意多送点儿东西，我们赞成！"老常的庄稼火上来，也气愤地说了一套。

"就像春儿说的那样办。"李佩钟说着退了堂。

人们哄哄嚷嚷地走出来，议论着这件事儿。一个年轻人和一个老年人抬起杠来。老年人说："我看这女县长有点儿过分，栽了你公公，你脸上也不好看呀！"

年轻人说："你看的是歪理，当堂不让父，天子犯法还与民罪呢，做官最要紧的是不徇私情。"【阅读能力点：两个人的对话，反映了情和理的斗争。】

第十一章

名师导读

日本人的侵华行为越发猖獗，平原上的人民正在为抵挡日本人加紧地做着准备。那么他们都做了些什么准备呢？

黄昏时分，李佩钟站在十字路口，送走那些出征的战士，回到了县政府。她在一张从学校带出来的图画纸上，设计着农民破路的图样。因为敌人可能占领县城，组织决定破坏路面、拆除房舍，使它没有屏障，好进行袭击。

破路的图样发布下去，已经靠近年节。平原上这一个年节，已使人民的心情发生重大变化。敌人烧杀奸淫的事实，威胁着平原的人民。在这种情形下，破路的动员，简直是一呼百应。谁家有临大道的地，都按上级说的尺寸，去打冻刨坑。早晨，太阳照耀着小麦上的霜雪，道路上就挤满了抡镐扶铲的农民。【阅读能力点：因为深知日本人的惨无人道，穷苦大众纷纷奋起反抗。】

田大瞎子让老温去女儿家送东西，自己拿铁铲来挖沟。他把已经刨好的坑，填了靠里面一半，再往大道上伸展，这样，他可以保存自己的地，把大道赶到对面的地邻。田大瞎子是赶种人家土地的能手。冀中乡俗，两家地邻的边界上，插栽一棵小桑树，名叫桑坡儿。

每逢春天耕地，他总得嘱咐做活儿的，把桑坡儿往外赶赶，他亲自站在地头上去监督，叫牲口拚命往外撇，犁杖碰在桑树根上，打破几块铧子，他也不心痛，反正得侵占别人的一垄半垄的地。田大瞎子家地边上的小桑树，永远不得茂盛，总是靠他家的半边死，靠人家的半边活。弄得这一带的孩子们，春天养个蚕玩儿，也没有桑叶吃，只好上树去摘榆树叶。

对面地邻，挖沟的也是一个老人。这老人的头发半秃半白，用全身的力量挖掘着。他的地是一块窄窄长长的条道地，满共不过五个垄儿宽，他临着道沿儿，一并排连挖十二个大沟，差不多全部牺牲了自己的小麦。他的沟挖得深，铲得平，边缘上筑起高高的土墙，像一段城墙的垛口。他正跳在第十二个沟里，弯着腰，扔出黑湿的土块。他全身冒汗，汗气从沟里升起，围绕在他的头顶，就像云雾笼罩着山峰。【阅读能力点：老人不惜赔上自己的全部小麦，也要完成革命任务，他有着一颗赤诚的心。】

这老人是高四海。听见田大瞎子说话，他直起腰来喘了口气，看见田大瞎子填沟赶道，他按下气说："田先生，你们读书识字，也多年办公，告诉我什么叫人的良心呢？"

田大瞎子扶着铁铲柄儿翻眼看着他说："你问我这个干什么？"

高四海说："日本人侵占我们的地面，我们费这么大力气破路挖沟，还怕挡不住他！像你这样，把挖好的沟又填了，这不是逢山开道，遇水搭桥，诚心欢迎日本人，唯恐他过来得不顺当吗？"

田大瞎子狡赖说："你看，把沟挖在大道上，不更顶事儿？"

高四海对田大瞎子说："你这不是挡日本人，你这是阻挡自己人

的进路。你的地里，留下了空子，日本人要是从这里进来。祸害了咱们这一带，你要负责任！"

"我怎么能负这个责任哩？"田大瞎子扛起铁铲回家去了。

"什么也不肯牺牲的人，这年月就只有当汉奸的路。一当汉奸，他就什么都出卖了，包括那点儿良心！"高四海又挖起沟来，他面对着挖掘得深深的土地说着。【阅读能力点：高四海已经看透了田大瞎子的汉奸本质。】

腊月二十七是子午镇年终大集日，往年非常热闹，今年日本兵占了铁路线，西边的山货和东边的海货都运不过来，集市冷清了很多，五龙堂的花炮上市得也很少。【阅读能力点：因为日本人的侵略，往年热闹的子午镇现如今一派萧条景象。】

往年，五龙堂的变吉哥，总是在春儿家的门口，摆个起花摊儿，他做的起花，起得直，升得高，响得脆，还带着炮打灯。今年，变吉哥没有扎起花，他担了一筐小灯笼来，灯笼做得很精致，画儿的颜色、水色都很新鲜，还有走马灯，他装好一盏，挂在筐系儿上。画儿中画的是前面跑着一群日本鬼子，在后面追赶的是八路军；男男女女的老百姓，扛着铁铲大镐去挖沟，鬼子就跌跟头、马趴地受擒了。

【阅读能力点：变吉哥在用自己的方式宣传革命。】立时就围上一群孩子来，用买花炮的钱买了去，变吉哥叫他们拿好，别碰破了，还告诉他们点灯的办法。

春儿抱着一捆线子从家里出来，笑着问："怎么你不扎起花了？"

变吉哥说："你没到区上开会，你村的武委会主任没给你传达？"

"传达什么呀？"春儿问。

"你们村子大，工作可落后哩！"变吉哥说，"各村不是成立了武委会吗，今年禁止装花裹炮，留下硝磺火药，制造地雷、手榴弹，好打日本人。"【阅读能力点：村民们想尽一切办法为抗日积攒物资。】

"这个我早就听见说了。"春儿笑着说。

"你早就听说了，还问我为什么不扎起花！"变吉哥说，"上级的布置，我们能当耳旁风、不严格执行吗？"

"那你还弄这个玩意儿干什么？是为的换饽饽吃呀！"春儿掩着嘴笑。

"你不要小看这个！"变吉哥红了脸，"这是宣传工作。买一个回去，大年三十儿起五更，挂在门口，出来进去的人全能受教育，不比买别的有意思？"

"还是变吉哥，"春儿笑着，"又有认识，又有手艺！"

"我大大小小也是个抗日的干部，时时刻刻不能忘记自己的职责！"变吉哥安排着一个又大又好的灯笼说，"回来把这个送给你，过年就挂在这篱笆门上！"

春儿问："变吉哥，你现在是个什么干部呀？"

"五龙堂农民抗日救国会的宣传部部长！"变吉哥郑重地回答。

"想起来了，"春儿说，"有个事儿和你商量一下，我们想成立一个识字班，你当我们的先生吧！"【阅读能力点：说明春儿有着先进的革命意识，也呼应了前文高庆山建议她们认字的事情。】

"唉！你们村的大学毕业生，像下了雨的蘑菇，一层一片，怎么单单请我？"变吉哥说，"我可不敢在圣人门前卖字画呀！"

　　"那些财主秧子们顶难对付，"春儿说，"你不去找他们，他们说你瞧不起他，你低声下气地去求他吧，他又拿着卖了。在背后造谣，看哈哈笑儿，才是他们的拿手戏。有几个好的，全出去工作了，剩下一帮小泡荒子儿，教起书来，也不见得行，谁知道他能把我们教好，还是教坏了呢？再说好人家的妇女，谁愿意叫他们教？那些贼眉鼠眼，屁屁溜溜的，你不招惹他，他还瞅空儿愣着眼看你，好像解馋似的，再叫他对着脸讲起书来，他会连他家的大门冲哪边开都忘掉了哩！我们不找他们，你是咱这一带的土圣人，我们就是请你，咱两村离得这么近，像一村两头，你每天晚上来教我们一会儿就行了！"

　　"你说得也有理。"变吉哥说，"抗日的道理，我不敢说比谁知道得透彻，可是心气儿高，立场准没错。我回去和我们主任讨论讨论，看合不合组织要求，我先不能自作主张。"【阅读能力点：变吉哥对于合理的建议能够虚心接受，并且紧跟组织的步伐，可谓有见识。】

　　三十晚上，春儿看看没风，就把变吉哥送给她的灯笼，挂在了篱笆门上。回到屋里，她把过年要换的新衣服，全放在枕头边，怎样也睡不着。荒乱年月，五更起得也晚，当她听到邻舍家的小孩放了一声鞭炮的时候，就爬了起来。

　　她开开房门，点着灯笼，高兴自己又长了一岁。在灯光底下，她看见街上挤满了队伍，在她家门前，有一排人坐在地上，抱着枪支靠着土墙休息。【阅读能力点：战士们为了不打扰老百姓，直接靠着土墙休息，这样的队伍怎能不受人爱戴呢？】家家门口挂起来的灯笼照着他们，村里办公的人们全到街上来了。

春儿正和战士们说着话，老常迈着大步过来："春儿，快着点儿，我们去给队伍找房子！"

"找房子要我去干什么？"春儿说，"又不是给妇女派活儿！"

"什么工作也离不开妇女！"老常说。

春儿跟着他走了几家，动员着人们腾出房子来，老常和房主们说："腾间暖和屋儿，把炕扫扫，咱们在那里挤着住两天，也不要紧，叫战士们好好休息休息。人家打了十几天仗，一夜走了一百多里，到现在还水米不曾沾牙，天儿这么冷，全坐在街上等着哩！"

房主们说："你走吧，没错儿！孩子的娘！把炕上那些乱七八糟的东西收拾一下，把尿盆子端出来！"

老常说："不碍手的东西，就不要动，这个队伍，不拿老百姓的一针一线！"

他们来到田大瞎子家里，田大瞎子的老婆正看着做饭，好几箅帘饺子放在锅台上，一听说军队住房，慌手慌脚又把饺子端回里间去了，出来说："真是，过个年也不叫人安生！大年初一吃饺子没外人儿，怎么能住兵呀，这有多么背兴吧，你说！"

老常说："人家军队也有家，出来打仗，还不是为了大伙儿？这时候，还说什么初一、十五！"

"你看那屋里不是堆得满满的，插得下人去了吗？你当着干部，就一点儿也不照顾当家的？"田大瞎子的老婆抱怨着。

"就是你们家房子多，还拉扯哪个？把东西厢房全腾出来吧，

我看四铺大炕，能盛一个连！"老常说着出来了。【阅读能力点：从老常说话的语气中可以看出，老常对田大瞎子家已经没有了原来的惧意。】

找好了房子，太阳就出来了，春儿回到家里，看见有一匹大青马系在窗棂儿上。

"谁的马呀？"她说。

"我的！"从她屋里跑出一个年轻的兵来，是芒种。

春儿的脸红了。

"怎么你出去也不锁门？"芒种问。

"街上这么多的队伍，还怕有做贼的？"春儿笑着说，"你有了马骑，是升了官儿吗？"

"不知道是升不升，"芒种说，"我当了骑兵通讯班的班长。"【阅读能力点：当了班长，可见芒种在部队的表现不错。】

"我去打桶水来饮饮它吧！"春儿说，"你看跑得四蹄子流水！"

"不要饮，"芒种说，"叫它歇歇就行了，我还要到别处送信去哩！"

"那我就先给你煮饺子去，"春儿在院里抱了一捆秫秸，"你一准还没有吃饭。"

芒种跟进来说："上级有命令，不许吃老百姓的饺子。"

春儿说："上级批评你，我就说是我愿意叫你吃！"【阅读能力点：春儿的俏皮话体现了她爽朗的性格特征。】煮熟了，她捞了岗尖的一碗，递给芒种说："这回打仗打得怎么样？"

"在黄土坡打了一场胜仗，得了一些枪支。"芒种说，"敌人增了兵，我们就和他转起圈子来，司令部转移到你们村里来了，吃过饭，你看看我们的吕司令去吧！"

"我怎么能见到人家？"春儿说，"我姐夫哩？"

"我们还住县城里。"芒种说。

"高疤哩？"春儿又问。

芒种说："也在队上，这回打仗很勇敢，看以后怎么样吧。"

芒种吃饱了，放下碗就要走。春儿说："等一等，小心叫风顶了。"

"当兵的没那么娇嫩。"芒种说着出来，解开马缰，将马牵出篱笆门，蹿了上去，马在春儿跟前，打了几个圈儿，芒种把缰绳一松，马从堤坡上跑开了。

第十二章

名师导读

共产党的队伍来了，群众的身边悄悄地发生了变化，人们呼吸着自由的空气，这才是大家想要的生活。

春儿想到街上玩玩，今年的大街上，显得新鲜，在穿着红绿衣裳的妇女、孩子中间，掺杂着许多穿灰棉军装的战士。战士们分头打扫着街道，农民和他们争夺着扫帚，他们说什么也不休息，农民们只好另找家什来帮助。子午镇从来没有这么干净整齐过。

十字街口，有几个战士提着灰桶，在黄土墙上描画抗日的标语，高翔引逗着一群小孩子唱歌，这一群孩子，平日总玩不到一块儿，今天在这个八路军面前，站得整整齐齐，唱歌的时候，也知道互相照顾。【阅读能力点：连这群平时玩不到一块儿的孩子都能被降服，从侧面反映了高翔做思想工作的能力强。】

在那边，有一个高个儿的军人，和农民说话，眼睛和声音，都很有神采。衣服也比较整齐，他多穿一件皮领的大衣，脚下是一双旧皮鞋。有一个妇女小声告诉春儿说："那就是吕正操！"

春儿远远地站住，细细打量人民自卫军的司令员，说起来，这也是她的上级呀，想不到这样大的人物，能到子午镇来。

吕司令和农民们说破路的工作，做得不彻底。这样小的壕坑，只能挡住拉庄稼的大车，挡不住敌人的汽车和坦克，必须把大道挖成深沟，把平原变成山地。【阅读能力点：吕司令首先指出了群众工作中的不足，这也是工作的重中之重。】又问村里人民武装自卫的情形，农民们说："都成立起来了，人马也整齐，就是缺少枪支，吕司令！你从队伍上匀给我们一点儿吧，破旧的我们也不嫌。"

吕司令答应了这个要求，春儿一高兴，觉得自己也该上前去说两句话，她慢慢走到吕司令的身后。

"春儿来干什么？"一个年老的农民问，"也想要点儿东西？"

吕司令转过身来，看见了这个女孩子。在冀中，他遇见过很多这样的女孩子，她们的要求更不好驳回。

"我是这村的妇女自卫队的队长。"春儿立正，笑着说。

"我把枪支送给村里，自然也有你们的份儿。"吕司令说。

"除去这个，我还有个要求。"春儿说，"我们不会排操打仗，吕司令教教我们吧，我就去集合人！"

"等明天吧，我派一个连长来教你们。"吕司令笑着说。

"军队上要女兵不要？"春儿问。

"你愿意去打仗？"吕司令笑着说，"现在还没有招收女战士，我们政治部成立了一个剧团，你要是喜欢演戏、唱歌，可以去报名。"

"俺不学那个！"春儿转身跑到妇女群里去了，妇女们都冲着她笑。

目前，从五台山开始，以阜平城为中心，晋察冀抗日民主根据地已经形成了。冀中区中心十几个县的抗日政权，渐渐健全起来。边缘地区自发的抗日武装，还在加紧整编着。冀中区行政公署正在积极筹备。人民自卫军的司令部和政治部住在子午镇，这一带村庄就成了冀中区抗日战争的心脏，新鲜有力的血液，从这里周流各地。【写作借鉴点：采用暗喻，突出了军队驻扎在子午镇，给这个镇子带来了活力。】每天，有从远地来汇报工作的，有出发到边区检查的，有边区来传达命令的。子午镇大街上，来来往往的尽是抗日的人员。车辆马匹不断地从这里经过，输送着枪支、子弹和给养。现在，这个村庄，是十分重要，也十分热闹了。

各村正做着拆城的准备工作。子午镇和五龙堂分了西北城角那一段，外边是护城河，里边是圣姑庙。

李佩钟同着几个县干部，分头给围在城墙上的民工们讲话。【阅读能力点：这是要做拆城的动员工作了。】李佩钟来到春儿她们这一队，站在一个高高的土台上说："乡亲们，我们要动工拆城了，不用我说，大家全明白，为什么要把这好好的城墙拆掉？我们县里的城墙，修建一千多年了，修得很好，周围的树木也很多，你们住在乡下，赶集进城，很远就望见了这高大的城墙，阴森的树木，雾气腾腾，好像有很大的瑞气。提起拆城，起初大家都舍不得，这不是哪一个人的东西，这是祖先遗留给全县人民的财产。可是我们现在要忍痛把它拆掉，就像在我们平平整整的田地里，要忍痛毁弃麦苗，挖下一丈多深的沟壕一样。这是因为日寇侵略我们，我们艰苦地进行战争，要长期地打下去，直到最后的胜利。我们一定要打败日本人，一定要替我们的祖先增光，为我们的后代造福。我们现在把城拆掉，当你们挖一块砖头、掘一方土的时候，就狠狠地想到日本人吧！等到把敌人赶走，我们再来建设，把道路上的沟壕填平，把拆毁的城墙修起来！"【阅读能力点：拆城是逼不得已的，每拆一寸城池，我们对侵华日本人的憎恨就增加一分。】"到那时候，太平了，还修城干什么？把它修成电车道，要不就栽上花草，修成环城公园！"变吉哥到过大城市，忽然想到这里，就打断了县长的讲话。

"先说眼下吧，"挤在前面的、子午镇的民工队长老常说，"把这玩意儿拆了，平平它，不用说别的，栽上大麻子，秋后下来，咱两个村子吃油，全不遭难了。可是这些砖怎么办呢？"

"这些砖拆下来，"李佩钟说，"哪村拆的归哪村，拉了回去，合个便宜价儿，卖给那些贫苦的抗属，折变了钱，各村添办些枪支弹药！"

"好极了！"群众喊着，"干吧，一句话，一切为了抗日！"

大家分散开，刚要动手，沿着城墙走过三个穿马褂长袍的绅士来，领头的是李佩钟的父亲大高个子李菊人。他们手里都玩着一件小东西，李菊人手里是两个油光光的核桃，第二个人手里是红木腰子，第三个人手里是黑色的草珠子。他们向前紧走两步，一齐把手举起，里外摇摆着，对群众说："且慢！我们有话和县长说。"【阅读能力点：看来他们是来阻止拆城墙的。】

李佩钟站在那里不动，三个老头儿包围了她，说："我们代表城关绅商，有个建议，来向县长请示！"

"有事情，回头到县政府去谈吧，我现在很忙。"李佩钟说。

"十分紧迫哩，县长！"手里拿红木腰子的老头儿说，"我们请

你收回拆城的成命。"

"什么！你们不赞成拆城？"李佩钟问。

李菊人上前一步说："古来争战，非攻即守，我们的武器既然不如日本，自然是防守第一。从县志上看，我县城修在宋朝，高厚雄固，实在是一方的屏障。县长不率领军民固守，反倒下令拆除，日本人一旦攻来，请问把全县城生灵，如何安置？"

李菊人领了半辈子戏班儿，不但他的见识、学问，全从戏台、戏本上得来，就是他的言谈举动，也常常给人一个逢场作戏的感觉。全县好看戏的人差不多全认识他，民工们扛着铁铲、大镐围了上来。

"我们不是召集过几次群众大会，把道理都讲通了吗？"李佩钟说，"那天开会你们没参加？"

"那天我偶感风寒，未能出席。"李菊人抱歉地说。

李佩钟说："我们进行的是主动的游击战，不是被动的防御战。拆除城墙，是为了不容进犯的敌人在我们的国土上站脚停留。"

"那可以进行野战，"李菊人截住说，"昔日我轩辕黄帝，大败蚩尤于涿鹿之野，一战成功，这是有历史记载的，可从没听说拆城！"

李佩钟说："抗日战争是历史上从来没有的艰难困苦的战争，这战争关系整个民族的生死存亡，这战争由革命的政党领导，动员全体人民来参加。很多事情，自然是旧书本上查不出来的。"

"把城墙拆掉了，城关这么多的老百姓到哪里去？"拿草珠子的老头儿鼓了鼓气问。

"假如敌人占据这里，我们就动员老百姓转移到四乡里去，给他们安排吃饭和居住的地方。有良心的中国人，不会同敌人住在一起。"【阅读能力点：李佩钟未雨绸缪，已经将老百姓的出路安排妥当了。】

"那样容易吗？"李菊人说，"城关这些商家店铺，房屋财产，谁能舍得下？"

"是敌人逼迫着我们舍得下，"李佩钟说，"看看我们那些战士们吧，他们背起枪来，把一切都舍弃了！这年月就只有一条光荣的道路，坚决抗日，不怕牺牲！"

"我也是为你着想，"李菊人降低声音说，"你是一县之长，你领导着拆毁了县城，将来历史上要怎样记载呢？"

"历史上只会记载我们领导着人民，艰苦奋斗地战胜了日本侵略者，不会记载别的了。"李佩钟说，"对！每个人都想想历史的判断也不错！"

三个老头儿还要找麻烦，群众等不及了，乱嚷嚷起来："这点儿道理，我们这庄稼汉们全琢磨透了，怎么这些长袍马褂的先生们还不懂？别耽误抗日的宝贵时间了，快闪开吧！"【阅读能力点：群众对于三个老头儿的胡搅蛮缠很是不满。】他们一哄散开，镐铲乱动，尘土飞扬笼罩了全城。三个老头儿赶紧躲开，除去李菊人，那两个还转回身来，向县长鞠躬告别，从原道走回去了。一路走着，拿草珠子的老头儿感叹地说："我们每天起来，连个遛画眉、绕弯儿的地方也没有了！"

拿腰子的说："李老菊吊嗓子的高台儿也拆了哩！"

李菊人却把马褂的长袖子一甩，唱起戏来。

第十三章

名师导读

从前面的章节里,我们可以隐约感到,李佩钟对高庆山有好感,那么她到底是如何想的呢?这会不会威胁到庆山和秋分的婚姻呢?

很快,周围城墙的垛口就拆得不见了。子午镇民工队并起大沙篙,斜倚在城墙外面,妇女们把送过来的砖,一个连一个滑到护城河外面的平地上去,那里的老年人负责垒起来,叫大车拉走。

城墙上有一层厚厚的石灰皮,很不容易掀起,大镐落在上面,迸起火星儿来,震得小伙子们的虎口痛。后来想法凿成小方块,才一块一块起下来。李佩钟也挽起袖子,帮助人们搬运那些灰块,来回两趟,她就气喘起来,脸也红了,手也碰破了。

"县长歇息歇息吧!"挑着大筐砖头的民工们在她身边走过去说,"你什么时候干过这个哩!"

"我来锻炼一下!"李佩钟笑着说,用一块白手绢把手包了起来,继续搬运。看见春儿也挑着一副筐头,她说:"春儿,给我找副筐头,我们两个比赛吧!"

"好呀!"春儿笑着说,"识文断字,解决问题,我不敢和你比,要说是担担挑挑,干出力气的活儿,我可不让你!"【阅读能力

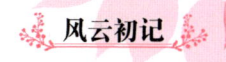

点：李佩钟的话激起了春儿争强好胜的意念。】

她们说笑着，奔跑着，比赛着。男人们望着她们笑，队长老常督促说："别光顾着看了，快响应县长的号召，加油吧！"

只要有女人在队伍里严肃地工作，这就是一种强有力的动员。男人们镐举得更高，铁铲下去得更有力量，来回的脚步更迅速了。

春儿年轻又有点儿调皮。她只顾争胜，忘记了迁就别人，她拉扯着李佩钟，来回像飞的一样，任凭汗水把棉袄湿透，她不住地叫着刺激性的口号："县长，看谁坐飞机！你不要当乌龟呀！"

李佩钟的头发乱了，嘴唇有点儿发白，头重眼黑，脊梁上的汗珠儿发凉。两条腿不听使唤，摇摆得像拌豆腐的筷子。【阅读能力点：此时的李佩钟已经狼狈不堪了。】

"春儿！"老常劝告说，"叫县长休息休息，她不像我们，就这么一骨突一块的活儿，有多少公事等着她办理呀！"

春儿才放下担子，拉着李佩钟到姐姐那里，喝水休息去了。

民工队里也有老蒋，他斜了李佩钟一眼，对人们小声说："你们看看，哪像个县长的来头儿？拿着一个大学毕业证的学生，城里李家的闺女，子午镇田家的儿媳妇，一点儿沉稳劲也没有！整天和那拾柴挑菜的毛丫头在一块儿瞎掺和！"

"这样的县长还不好？"和他一块儿担砖的民工说，"非得把板子敲着你的屁股，你才磕头叫大老爷呀？"

"干什么，就得有个干什么的派头，"老蒋说，"这么没大没小的，谁还尊敬，谁还惧怕？这不成了一起混账吗？"

"什么叫新社会哩？"那个民工说，"这就是八路派。越这样，

才越叫人们佩服。过去别说县长,科长肯来到这里和我们一块儿土里滚、泥里爬吗?顶多派个巡警来,拿根棍子站在你屁股后头,就算把公事儿交代了!现在处处是说服动员,把人们说通了说乐了,再领着头儿干,这样你倒不喜欢?"【阅读能力点:新旧社会对比,农民们已经开始发现新社会的优点了。】

"我不喜欢,"老蒋一摇头,"总觉着没有过去的势派带劲,咱们拿看戏做比:戏台上出来一个大官,蟒袍玉带,前呼后拥,威风杀气,坐堂有堂威,出行有执事,那够多么热闹好看?要是出来一个像她这样的光屁股官儿,还有什么瞧头?戏台底下也得走光了!"

"你这脑筋,该受受训!"那个民工不再理他,催着他赶快工作。

当拆城完工,民工们收拾工具要回去的时候,县里又开会欢送了他们,表扬了子午镇、五龙堂两个模范村镇。回来的时候,春儿还是拉着高四海的小车。一出西关,看见平原的地形完全变了,在她们拆城的这半月,另一队民工,把大道重新掘成了深深的沟渠。大车在沟里行走,连坐在车厢上的人也露不出头来。只有那高高举起的鞭苗上飘着的红缨,像一队沿着大道飞行的红色蜻蜓一样,浮游前进。每隔半里,有一个出入的地方,在路上,赶大车的人不断地吆喝。

变平原为山地,这是平原的另一件历史性的工程。这工程首先证实了平原人民抗日的信心和力量,紧接着就又表现出他们进行战争的智慧和勇敢。它是平原人民战斗的中间筋脉。【阅读能力点:可见老百姓的力量是多么强大。】

"我们只说拆城是开天辟地的工作,"高四海推着小车说,"看来人家这桩工程更是出奇！"

"人嘛，"春儿笑着说，"谁都是觉着自己完成的工作最了不起！"

他们回到自己家里来。春儿把半个月以来刮在炕上、窗台上、桌橱上的春天的尘土打扫干净，淘洗了小水缸，担满了水，把交给邻家大娘看管的鸡们叫到一块儿喂了喂，就躺到炕上睡着了，她有些累。在甜蜜的睡梦里，听见有人小声叫她：

"春儿，春儿！"

"嗯？"春儿揉着眼睛坐起来，看见是老常。

"喂，我们少当家的回来了！"老常说。【阅读能力点：田耀武回来了！看来又要闹腾了。】

"谁回来了？"春儿撒着迷怔问。

"我们那少当家的，田耀武呀！"老常着急地说，"你醒醒呀！"

"他回来，回来他的吧，"春儿打着哈欠说，"和我们有什么关系。"

"你这孩子！"老常说，"怎么没有关系呢？他穿着军装，骑着大马，还带着护兵哩！"

"那许是参加了八路军，"春儿说，"八路军能要这号子人？"

"又来了！要是八路军还有什么说的？是蒋介石的人马哩，张荫梧也回来了！"老常哼唉着，坐在炕沿上，靠着隔扇墙打火抽起烟来。

春儿一时也想不明白。这些人不是慌慌张张地逃到南边去了吗，

这时候回来，又是为了什么？她说："高翔不是住在你们那里？他们怎么说？"

"还没听见他怎么说，"老常说，"我刚刚到家，田耀武就回来了。他穿着一身灰军装，打扮得还是那样么幺不幺、六不六的，你想，咱们的队伍都是绿衣裳，胡不拉儿的，羊群里跑出一只狼来，一进村就非常扎眼，梢门上的岗哨就把他查住了！"

"他没有通行证吧？该把他扣起来！"春儿说。

"你听我说呀！"老常说，"站岗的不让他进门，这小子急了，立时从皮兜子里掏出一个一尺多长的大信封儿来说：这是我的家，你们有什么权力不让我进去？我是鹿主席和张总指挥的代表，前来和你们的吕司令谈判。站岗的给他通报了以后，高翔叫人出来把他领进去了。"【阅读能力点：打着国民党的旗号，他们到底意欲何为？】

"什么鹿主席，什么张总指挥？"春儿问。

老常说："张就是张荫梧，鹿，听人们说是鹿钟麟，也是一个军阀头儿！来者不善，善者不来，我看这不是一件小事儿，你说哩？"

"你再回去听寻听寻，"春儿说，"看看高翔他们怎么对付他。"

"我回去看看。"老常站起身来，"我是来告诉你一声儿，叫咱们的人注点儿意，别叫这小子给咱们来个冷不防呀！"

"不怕，"春儿说，"有咱们的军队住在这里，他们掉不了猴儿！"

"不能大意。"老常说，"不怕一万，就怕万一。刚说城也拆了，路也破了，一铺心地打日本人吧！你看半响不夜地，又生出一个

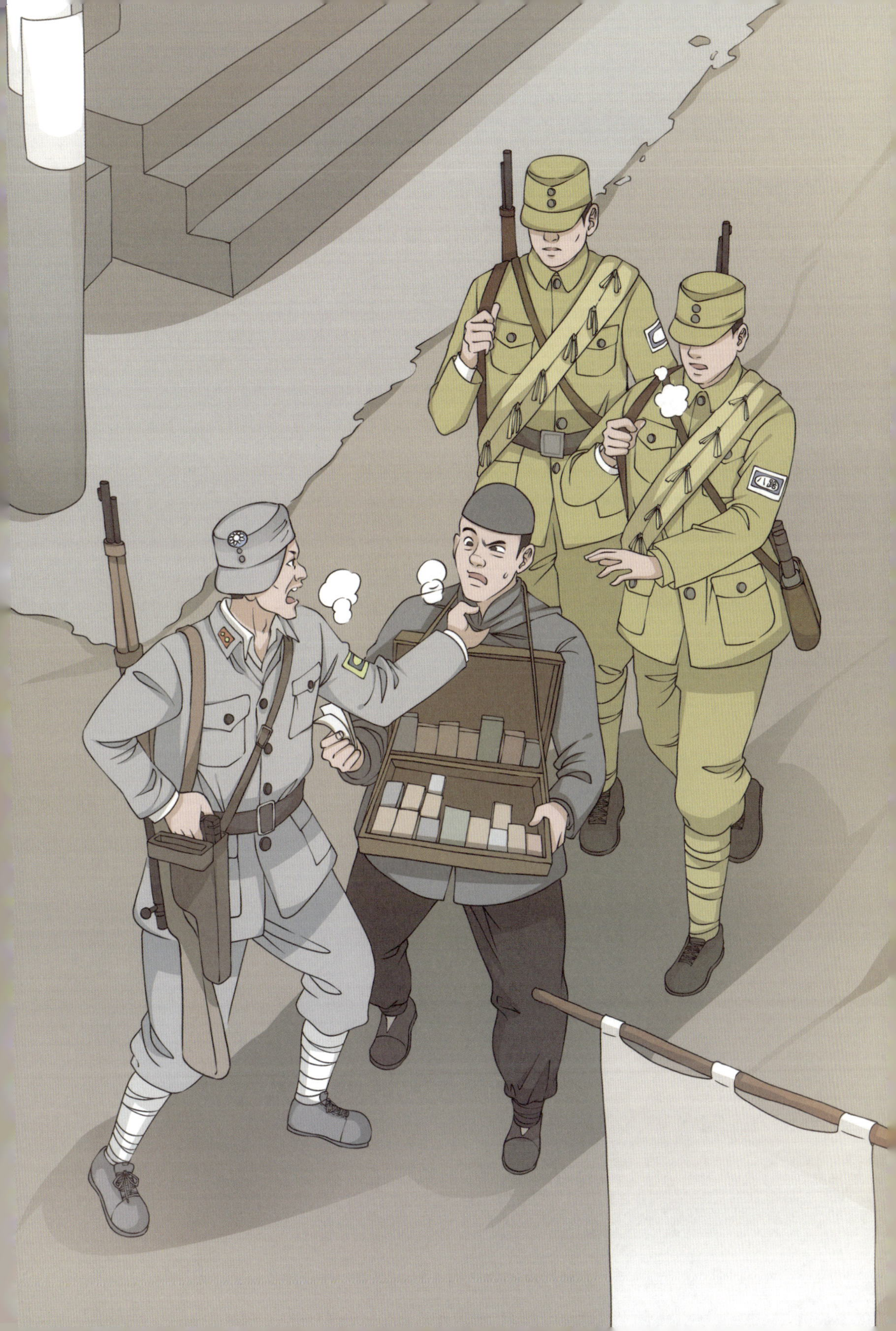

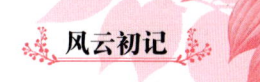

歪把子来！"【阅读能力点：在广大群众一心抗日之际，国民党过来添乱，让人心生郁闷。】跷起一只脚来，在鞋底儿上磕了烟灰，老常走了。他心里有些别扭，从街上绕了回来。

吃中午饭的时候，街上没有什么人，只有那个卖烟卷的老头儿，还在十字路口摆着摊儿，田耀武带来的那个护兵正在那里买烟。这个护兵腰里挂着一把张嘴儿盒子，脖子上的风纪扣全敞开，露出又脏又花哨的衬衫尖领，咽喉上有一溜圆形的血疤。他抓起一盒香烟来，先点着一支叼在嘴角上，掏出一张票子，扔给老头儿说："找钱！"

老头儿拿在手里看了看，说："同志，这是什么票子，怎么上边又有了蒋介石呀？"

"委员长！"那个护兵大声说。

"啊，委员长！我们这里不时兴这个，花不了！你对付着给换一换吧！"老头儿笑着送过来。

"浑蛋！"护兵一斜楞眼，眼仁上布满了红色血丝儿，"你不花这个花什么？你敢不服从中央！"【阅读能力点：护兵打算以势压人。】

"你怎么张嘴骂人哩？"老头儿说，"你是八路军吗？"

"我是中央军！"护兵卖着字号。

"这就怪不得了，"老头儿说，"八路军里头没有你这样儿的！"

那个护兵一抓盒子把儿。

"干吗？"老头儿瞪着眼说，"你敢打人？"

"你反抗中央，我枪毙你！"护兵狠狠地说。

"你有胆子，冲着这儿打！"老头儿拍打着胸脯说，"我见过这个！"

那个护兵要撒野，老常赶紧跑上去，这时有两个八路军刚刚下岗，背着枪路过这里，一齐上前拦住说："你这是干什么，同志？"

"他要杀人！"老头儿说，"叫他睁开眼看看，我们这里，出来进去住着这么些个队伍，哪一个吓唬过咱们老百姓？"【阅读能力点：从侧面反映了普通百姓的生存境遇。】

"不要这样，"八路军劝说着那个中央军，"对待老百姓，不应该采取野蛮态度，这是军阀作风的表现！"

"为什么你们不花中央的票子？"那个护兵举着票子满有理地说。

"不是不花。"八路军说，"这些问题，还需要讨论一下。当初是你们把票子都带到南边去了，印票子的机器却留给了日本人。真假不分，老百姓吃亏可大啦，没有办法，我们才发行了边区票。现在你们又回来了，老百姓自然不认。再说，他是小本买卖，你买一盒香烟，拿给他五百元的大票，他连柜子搭上，也找不出来呀！"

那个护兵看看施展不开，把票子往兜里一塞，转身就要走。

"你回来！"卖烟的老头儿说，"我那盒烟哩？"

护兵只好把烟掏出来，扔在摊上。

"你抽的那一支，"老头儿说，"也得给钱！"

八路军说："老乡，吃点儿亏吧，这是咱们的友军！"

"什么友军？凭这个作风，能白抽我的香烟？"老头儿冲着护兵的后影儿说着，打开了一盒烟，递给两个八路军，"要是咱们自己的

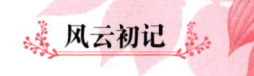

人哩，别说抽我一支，就是抽我一条儿，我也心甘情愿呀！同志们，请抽烟！"

"谢谢你，老乡，我们都不会！"两个八路军摇摆着手儿笑着，回到住处去了。

老常回到家里，看见田大瞎子像惊蛰以后出土的蛐蜒一样，昂着头儿站在二门口，看见老常就喊叫："到城里游逛了半个多月，还没有浪荡够？猪圈也该起，牲口圈也该打扫打扫了！中央军就要过来，我们也得碾下点儿小米预备着，下午给我套大碾！"【阅读能力点：儿子回来了，田大瞎子的腰板又硬起来了。】老常没有答言。

第十四章

名师导读

田耀武代表张荫梧，高翔和高庆山代表人民自卫军，在田大瞎子家的客厅里进行谈判，那么，他们达成一致协定了吗？

谈判就在田大瞎子家的客厅里进行，张荫梧的代表田耀武，人民自卫军的代表高翔和高庆山，还有一个记录，四个人围着一张方桌坐下来。

"真是巧得很，"问过了姓名籍贯，田耀武龇着一嘴黄牙笑着说，"我们三个都是本县人，两个村庄也不过一河之隔！"【阅读能力点：田耀武首先以乡里乡亲来拉近彼此的距离。】

"我们是本乡本土的人，对于家乡的历史情况都很清楚，"高翔说，"对于家乡和人民的前途命运，也都是热心关切的。我们非常欢迎贵军的代表，希望在这个会议上，能讨论出对日作战的一切有效的办法！"

"请把贵军此次北来的主要方针说明一下吧！"高庆山说。【阅读能力点：高庆山开门见山，直奔谈判主题。】

"这是我的家，我应该尽地主之谊，"田耀武站起来说，"我去叫他们准备点儿酒菜！"

"先讨论问题吧!"高翔说,"关于吃喝的事情,以后机会很多哩!"

田耀武只好坐下来,说:"刚才这位问什么来着?"

高庆山说:"希望你把贵军的作战计划约略谈谈,好取得协同动作。"

"这个。"田耀武说,"上面好像并没有指示兄弟。"

"那么我们怎样讨论呢?"高翔微微蹙着眉毛说。

"你们一定要我谈,那我就谈一下。"田耀武说,"我谈一下,这个问题,自然,不过主要是,其实呢,也没有什么……"

"我们想知道的是:你们打算怎样和日本帝国主义作战!"高翔打断了田耀武的浮词滥调。

"请原谅,"田耀武慌张地说,"这是国家的机密。我不能宣布!"【阅读能力点:田耀武闪烁其词,避重就轻。】

"我们可以把人民自卫军对日作战的方略谈一谈,贵代表乐意不乐意听?"高翔说。

"欢迎极了!"田耀武拍着手说。

"我们不把抗日的方针当作机密。"高翔说,"而且是随时随地向群众宣传、解释的。我们和群众的愿望相同,和乡土的利益一致。组织人民反抗日本帝国主义者的侵略,在'九一八'以前我们就用全力进行了。在卢沟桥事变以前,我们在东北、察绥组织了抗日的武装,在全国范围里,我们号召团结抗日。当时在这一带负责守卫疆土的你们的军队和政府,不顾国土的沦陷,遗弃了人民,席卷财物,从海、陆、空三条道路向南逃窜。我们誓师北上,深入敌后。有良心、

有血气的农民，武装起来，千河汇集，形成了海洋般的抗日力量。"

"委员长对于敌后的军民，深致嘉慰！"田耀武说。【阅读能力点：田耀武对于共产党取得的成就轻描淡写，一笔带过。】

高翔说："我们从陕西出发，装备并不充足。官兵兼程前进，不避艰险。从晋西北到晋察冀，从冀东到东北，从河北到山东沿海，一路上挫败敌人的锋锐，建立了一连串的、有广大群众基础的抗日民主根据地。改变了因为国军不战而退的极端危险的局面，保证了抗日战争的胜利前程，才使得大后方得到喘息和准备的时间。"

"这一点，就是兄弟也承认。"田耀武说，"我们在大后方刚刚站稳了脚跟，就又全副武装地回到这里来了。"

"我们还是愿意知道你们北来的目的。"高翔说。

"无非是一句老话，收复失地！"田耀武笑着说。

"收复失地！"高翔像细心检验着货色的真假一样，咬嚼着这四个字说，"虽说按照毛泽东同志的战略指示，目前还不是收复失地的时机，它毕竟是一个光荣的口号。我们对于贵军的抗日决心，表示钦佩，当尽力协助，但愿不要在堂皇的字眼下面，进行不利于团结抗日的勾当！"

"这话我就不明白了。"田耀武故作吃惊地说。

"我想你是比我们更明白的，根据实际的报告，贵军并没有到前方去抗日的表现，你们从我们开辟的道路过来，驻扎在我们的背后，破坏人民抗日的组织，消磨人民抗日的热情。你们应该知道，这对于我们来说是多么重大的损失，这是十分不重信义的行为！"【阅读能力点：高翔历数了国民党的无耻行径，在谈判桌上大义凛然。】

"这是误会，我得向你解释一下，"田耀武说，"为什么我们驻在你们的后面？这是因为我们刚刚从大后方来，对对日作战还没有经验，在你们的背后，休息一个时期，也是向老大哥学习的意思呀！"

"你们的武器装备比我们好到十倍，带来的军用物资也很多，这都是我们十分缺乏的。"高翔说，"我们希望，贵军能把这些力量用到对日作战上。因为，虽然你们在这一方面确实缺乏经验，但在另一方面，你们的经验是非常丰富的。"

"客气，客气，你指的是哪一方面？"田耀武傻着眼问。

"就是内战和摩擦！"高翔说，"我们热诚地希望，你们高喊的'收复失地'四个字，不要包括这一方面的内容！"【阅读能力点：高翔才思敏捷、语言犀利，是个谈判高手。】

"绝不会那样，"田耀武把脖子一缩，红着脸说，"绝不会那样。"

"为贵军的信誉着想，也不能一绝再绝于人民！"高翔说。

田耀武抓耳挠腮，他觉得自己非常被动，有一件重大的使命还没得机会进行。他看见高翔和高庆山也沉默起来，就用全身的力量振作一下，奸笑着说："我忘记传达委员长的一个极重要的指示。委员长很是注重人才，据兄弟看，两位的才能，一定能得到委员长的赏识。兄弟知道两位的生活都是很苦的，如果能转到中央系统，我想在品级和待遇这两方面，都不成问题。"

"虽然我们很了解你，"半天没有说话的高庆山说，"好像你还不很了解我们。如果你事先打听一下我们的历史，你就不会提出这样可笑的问题了。"【阅读能力点：高庆山义正词严地拒绝了田耀武的

拉拢。】

　　这一晚上,田耀武只好宿在他爹娘的屋里。早早就吹熄了灯,爹娘和他小声儿说着话。

　　"这院里住上他们,连说话也不方便了,"田耀武的娘说,"那些穷八路还和我宣传哩,我有心听他们那个?"

　　"佩钟家来过吗?"田耀武在黑夜里睁着两只大眼想媳妇,心里有一股闷气,翻了一个身。

　　"你刚刚家来,"他娘长叹一口气说,"我不愿意叫你生气,提她干什么?"

　　"她不是当了县长吗?"田耀武说。

　　"现眼吧!"他娘说,"她做的事情,叫人们嚷嚷得对不上牙儿!耀武,我看和她散了吧,我们再寻好的。叫她呀,把我们田家几辈子的人都丢尽了!"

　　"老絮叨!"田大瞎子说,"提那些个乱七八糟的干什么?耀武,你和高庆山、高翔他们谈个什么,这都是我们的仇人!"

　　"张总指挥叫我拉过一点儿队伍去,"田耀武说,"谁知道这两个小子根底儿很硬,搬不动他们!"

　　"这些事情,你得看人呀!"田大瞎子教导着,"明儿,你可以找找高疤,这个家伙,在八路军里并不顺当,我看一拍就合!耀武,日本人来势很凶,你们能跟人家打仗吗?"

　　"跟日本人打不着仗。"田耀武说,"要有心跟日本人打仗,当时还往南跑干什么?我们的队伍过来,是牵制共产党,叫他们不能成事!"

"这我就明白了，"田大瞎子说，"有个白先生在保定府日本人手里做事，前些日子到我们家里，还打听你来着。有机会，你可以和他联络，打共产党，非得两下里夹攻不可，委员长真是个人物！"说完，一家人就带着田大瞎子的希望和祝词走进了梦境。

第十五章

名师导读

鹿钟麟和张荫梧要到深泽县里来视察，群众冒雨等待着他们的到来，结果等到的却是他们对群众的指责。他们坚决要求群众擦掉"抗战到底"四个字，这究竟是怎么回事？

鹿钟麟要到这县里来视察，直接给深泽县政府下了公文，李佩钟向高庆山请示怎么办，高庆山告诉她："召开群众大会欢迎。"

会场设在县政府前面的跑马场。宣传队在县政府的影壁上用艺术体写好"欢迎鹿主席，抗战到底"的标语，每个字有半人高。因为拆除了城墙，这一排大字，在城南八里地左右就可以看得清清楚楚了，由高翔主持大会。

这天早晨，下起蒙蒙的细雨来，城关和四乡的男女自卫队都来了，高翔和他们一同在雨中等候着。【阅读能力点：对于鹿钟麟的到来，人民给予了热烈的欢迎。】鹿钟麟一直没来，直等到晌午已过，才望见了一队人马。

那真像一位将军。鹿钟麟到了会场上，由四五个随从搀扶下马来，他坐在台上，吸的香烟、喝的水，都是马背上驮来的。休息老半天，他才慢慢走到台边上讲了几句话，有四个秘书坐在他后边记录着。

因为态度过于严肃,声音又特别小,他讲的话,群众一句也没听懂,群众被那些奇奇怪怪的事物吸引着。从十八里地以外跟来看热闹的老蒋挤到他女儿的身边,小声问:"俗儿,讲话的那是谁呀?"

"鹿主席!"俗儿小声回答。

"他讲的什么?"老蒋说,"怎么我一句也听不懂呀?"

"人家是个大官儿,"俗儿说,"要叫你也能听懂,还有什么值重?"

"对。"老蒋点头儿,"就得是这样。不能像高翔他们一样,蚂蚱打嚏喷——满嘴的庄稼气,讲起话来,像数白花菜一样。喂,你说人家刚才喝的那是什么水呀,怎么老远里看着黄澄澄的?"

"花露水。"俗儿说,"你看那瓶瓶儿多好看,拿回家去点灯多好呀!"

鹿钟麟讲完,是张荫梧讲。这个总指挥,用一路太极拳的姿势,走到台边上。他一张嘴,就用唱花脸的口音,教训起老百姓来,手指着县政府的影壁墙说:"谁出的主意?带那么个尾巴干什么?添那么些个零碎儿有什么用?"

"什么尾巴?"台下的群众问。

"那个标语!"张荫梧大声喊叫,"欢迎鹿主席——这就够了,这就是一句完整的话。为什么还加上'抗战到底'四个字!"【阅读能力点:张荫梧这是要给共产党来个下马威。】

"你们不抗战到底呀?"群众在台下问,"你们没打算长住呀?喝完那带来的瓶瓶里的水,你们就往回走吗?"

"混账！"张荫梧喊，"在我面前，没你们讲话的权利！"

"你才是混账！"群众也喊叫起来，"我们认识你！"

"把'抗战到底'四个字给我擦掉！"张荫梧拧着粗红的脖子退到后边去。

高翔到台边上来，他说："我们不能擦掉这四个字。这是四个顶要紧的字，假如你们不是来抗战，或者是抗战不到底，我们这些老百姓，就不要淋着雨赶来欢迎你们了！"【阅读能力点：高翔直接撕破了张荫梧伪善的面孔。】

"对呀！"台下的群众一齐鼓掌叫好。

"我们欢迎你们抗战，抗战是光荣体面的事情。"高翔说，"虽然在去年七月间，你们一听到日本人的炮声就逃走了，我们还是欢迎你们回来，我们还是希望你们抗战到底！"

"报告主席，我讲几句话！"在群众中间，有一个女孩子举起手来，高翔和台下的群众，一齐鼓掌欢迎她。

她把头上的一顶破草帽推到脊背上去。细小的雨点落在她乌黑的头发上，又滴落到她的肩上，淋湿的小袄紧贴着她的身体。站在台前，她把胸脯挺得很高。她说："我是子午镇的人，我叫春儿。我是一个没依没靠的穷孩子，现在是我们村里妇女自卫队的指导员。我愿意在今天这个会上讲几句话。"

女孩子那热烈的、真诚的声音，使上万人的会场安静下来，人们可以听见，春天的雨点儿落在树枝、草叶上的声音。

"这才过了半年多。"春儿说，"什么事情我们都记得。在去年秋季大水漂天的时候，听见日本人的炮响，官面和军队、有钱和有势力的人都往南逃跑了。这些人，平常日子欺压我们，临走拐带着枪支和钱粮。我们有什么办法？我们当时都说：等死吧。可是天无绝人之路，中国不会亡国，八路军过来了，这是共产党领导的队伍。八路军来了，给我们宣传、讲解，我的心才安定下来，才觉得眼前有了希望。坚决抗日！我们老百姓动员起来，武装起来，我们成立了农救会、妇救会，我们站岗放哨、破路拆城，我们学习认字，我们实行民主。从这个时候起，我就想：我们将来有好日子过。我们把日本鬼子赶走了，也不叫那些混账东西们再来压迫我们！打倒日本帝国主义！打倒汉奸投降派！"群众随着她高举的小拳头呼喊，她从台上跳下来，腰里的手榴弹碰得小洋铁碗叮当乱响。

接着由高庆山指挥，在跑马场里，举行了全县男女自卫队的会操和政治测验。高翔请鹿钟麟和张荫梧参加检阅，虽然一切成绩都很好，这两位官长，像土地庙门口的两座泥胎，站立在台上，却满脸的不高兴。

"半年以来，群众在武装和思想上都进步很快。"高翔说，"这是我们国家战胜日本帝国主义的强有力的保证！"

两位官长没有说话。

"张先生在事变之前，不是也训练过民团吗？"高翔又问张荫梧，"那时的情形和眼下不同吧？"

"不同。"张荫梧说。他招呼了鹿钟麟一声，就命令手下人把马匹拉过来，气昂昂地跳上马走了。

"不远送！"群众说笑着，继续进行检阅和测验，春儿带来的自卫队，表演得顶出色。

春儿回到家里，这一晚上睡得很不踏实，白天检阅民兵的场面，还在眼前转，耳朵里不断响起喊口令的声音。她感到屋子里有些闷热，盛不下她，她不知道，这是一种要求战斗的情绪，冲击着她的血液，在年轻的身体里流转。她听见街上有狗叫，有马蹄的声音，有队伍集合的号令。

有人拍打门。她坐了起来，穿上衣服出来，从篱笆缝儿里看见芒种拉着一匹马，马用前蹄急躁地顿着地面。

她赶紧开开门，问："深更半夜，什么事？"

"司令部要转移了，"芒种说，"明天早晨这里就有战斗！"

【阅读能力点：准备了这么久，战斗终于要打响了。】

"我们呢？"春儿说，"我们妇女自卫队怎么配合？"

"部队已经和地方上开过会，区上会来领导你们，你早一点儿准备一下吧，我要回城里去了。"

"你快去吧！"春儿说，"明天，我们战场上见吧！"

芒种跳上马走了，队伍从村子的各个街口上开出来，像一条条黑色的线，到村西大场院里去集合。队伍的前边都有一个老乡带路，农民们像打早起、走夜道一样，轻轻咳嗽着，又要摸出火镰来抽烟，叫战士们小声止住了。

听见响动，家里住着队伍的老百姓都起来了，男女老少都送到村外来。

"老乡们，肃静一些吧，"作战科长讲话了，"过去，我们转移的时候，总是不言一声地就走了，使得老乡们惊惶，并且对我们不满。现在我把今天的情况简单分析一下，叫老乡们有个准备。【阅读

能力点：对于以前部队转移时造成的失误，作战科长主动承认，吸取了教训。】敌人从保定、河间出动，沧石线上也增加了一些兵力。主要的是保定出来的这一股，已经侵占了我们的博野、蠡县、安国三座县城，有向沙河以南地区侵犯的企图。现在沙河和滹沱河里都没有水。我们一定能打退敌人的进犯，可是开头一两天，我们得先和他绕绕圈子，比比脚步！老乡们应该听区上和自卫队的指挥。坚壁东西呀，转移呀，帮助军队打仗呀，地方上都有布置。老乡们，我们再见吧，过几天，我们一同庆祝胜利吧！"

队伍分成两路出发了，全村的老百姓站在堤坡上，直到最后的一个战士也隐没不见，才回到家去，做战斗的准备。

高庆山的支队奉命从县城开到五龙堂一带村庄驻扎，他接受了战斗的任务。指挥部就设在他家有战斗历史的小屋里，他的父亲和女人都到街里工作去了。在小屋里，他召集区委同志们开了一个会。区委同志们的意见是希望高支队能在这里打一个硬仗，助助抗日的威风。他们说，这样一来，地方上的工作就更好做了。

高庆山说明，目前的形势还是敌强我弱。我们只能选择有利的时机，打击敌人，经过战争的历练，壮大自己的力量。用逐渐的、由小到大的胜利，来保持和鼓舞军民的战斗情绪。【**阅读能力点：高庆山并没有打算硬碰硬，而是选择避其锋芒，逐步取得胜利，这是稳中取胜的选择。**】他说："拿句地方上的土话作比方，我们的战略是'老虎捡蚂蚱墩儿——碎拾掇！'"

第十六章

名师导读

由于高疤的冒失行为，使得他驻扎的村子遭受了严重损失，那么高庆山他们采取了哪些应对措施来挽回局面呢？

北边的敌情发生了变化。【写作借鉴点：总起句，统领下文。】高疤带领的一团人，奉命驻扎在石佛镇附近一带的小村庄，任务是监视敌人、牵制敌人，在不利的情况下，迅速转移。高疤近来觉得自己在这个支队里，比起别的团长来，有些闷气。支队长一谈就是政治、政策，他对这些全都不感兴趣。他觉得，既是一个军人，就应该在打仗上见高低。很久以来，他就想露一手给大家看看：我高疤的长处，就在这打仗上面。【阅读能力点：高疤年轻气盛，这可不是什么好现象啊。】

为了热闹和吃喝方便，他私自带着一营人驻在石佛镇大街上。中午的时候，他听说在子午镇打起来了，并且是直属营打胜了，他越发跃跃欲试起来。敌人从安国县顺着通石佛镇的公路走，道路完全被破坏了，敌人就沿着道沟沿走，并不防备附近村庄驻着我们的队伍。这也是敌人兵力较大的表现，高疤却单单把它看成了敌人的弱点，并且生了气，咒骂敌人不把高团长放在眼里，他很想跳到高房上去喊一声。他鼓动手下两个连长，带着一部分弟兄们上了房，当敌人的先头部队刚刚爬进他的火力圈的时候，他开了枪，暴露了目标。

高疤的队伍从成立以来，打过几回高房防守仗，在束鹿县，曾死守一个城镇到一个月的工夫。那都是在混乱时期，他同别的杂牌队伍互相吞并的时候。

敌人发觉前面有我们的队伍，就好像找到了目标，散开包围过来。敌人火力很强，飞机很快也来了，炮弹炸毁了很多房屋，村子着起火来。【阅读能力点：由于高疤的冒失行动，村子遭殃了。】高疤的队伍还没有经过这样严重的阵势，支持不住，下面的人对高疤的冒失行为有很多抱怨，意见不一致，有的跟着老百姓逃散到漫天野地里去了。

老百姓见他们不能保护自己，反跟着乱跑，不愿意和他们在一起，排斥他们，他们就乱冲乱撞那些妇女孩子，只顾自己逃到前边去。敌人打进了石佛镇北街口，眼看就包围了整个村庄，队伍和老百姓再也撤不出来了。

高庆山接到报告，研究了全部情况。他带领部队，采取极为隐蔽的形式，迅速地转移到了敌人的侧面。派一营兵力，去切断敌人。【阅读能力点：高庆山决策果断，行动迅速。】

芒种和他那一个班，又参加了战斗。他刚刚经历了一次战斗，取得了胜利，光荣和功绩还在鼓舞着他。在路上，他见到那些满脸泥汗、饱受惊慌的妇女孩子们，一种战士的责任感，强烈地冲击着他的心。

他带领一班人，在大洼里准备好，顺道沟翻过大堤。他们的任务

是：经过一带菜园，冲进一个坟丛，沿着潴龙河岸，占领石佛镇南街口那座大石桥。现在，园地里的春大麦长得很好，但是也还不能完全隐蔽跃身前进的战士。包围村庄的敌人，正要在桥头会合，遇到芒种他们的袭击，慌乱了一阵。

利用这个时机，芒种弯着身子跑到一架水车后面，然后冲到了那个坟丛里面。他伏在白石碑座子后面射击，等候弟兄们上来。敌人火力很强，现在芒种他们只能匍匐前进。他们跃身抢到河边，然后，一齐把手榴弹投向敌人，占据了石桥，切断了敌人的退路。但是芒种受了伤。

黄昏，炮火笼罩着平原。所有的村庄，都为战争激动着。青年和壮年，都在忙着做向导、抬担架和跑运输。沿大路的村庄，建立了交通站。夜晚，有一盏隐蔽起来的小红灯挂在街里。受伤的战士们，一躺在担架上，就像回到了家。在路上，抬担架的人宁可碰破自己的脚，也不肯震动伤员，又随时掩盖好被头，不让深夜的露水洒落在伤员的身上。【阅读能力点：战士们为了保护我们的家园而受伤，我们以细心呵护作为回报。】

妇女们分班站在街口上，把担架接过来，抬到站上去。那里有人把烧开的水和煮熟的鸡蛋，送到战士的嘴边。一路上，不知经过多少村庄，战士们听到的是一种声音。当他们被轻轻的声音唤醒，抬起身子，接受一个打开的生鸡蛋，或是一箸头缠搅着的挂面的时候，他们看见的是姐妹和母亲的容颜。

芒种的腿上受了伤，高庆山把他交给高四海带领的担架队，抬到子午镇春儿家里来休养。

风云初记

高疤不按照命令作战，部队受了很大损失。敌人退走以后，高庆山在石佛镇一家盐店的大院子里，召集支队的干部开会，检讨了这次战役，强调说明在目前形势下的游击战争原则，严厉地批评了高疤。

高疤红着脸坐在一边，不服气地说："扯那些原则当不了飞机大炮，我不懂那个，直截了当地批评我打了败仗就完了！"

"我们要明白打败仗的原因！"高庆山说，"为什么打了败仗？"

"是战士怂包，武器粗劣，众寡不敌！"高疤一甩胳膊说，"我高疤在战场上可没有含糊！"【阅读能力点：高疤还是没有弄清自己打败仗的主要原因，他还需要提高。】

"你是一个团长，一团人的性命在你手里。你不是一个走江湖耍枪卖艺的单身汉，部队受了损失，就证明你不是英雄！"高庆山说。

"那么该杀该砍，就请支队长下命令吧！"高疤低下头去说。

"我要请示上级，"高庆山说，"这次一定送你到路西去学习一个时期。"

散会以后，高疤趁着大家吃饭，一个人到街上来。他感到烦躁，拐进河南岸的一家小澡堂里去，遇见了在田大瞎子家见过一面的白先生。

高疤四仰八叉地仰在水里问："你不是在保定做事吗？"

"这里是我的家，"那人说，"回来看望看望。"

"这澡堂的掌柜也算胆大，"高疤说，"今天他还开张！"

"我们这是沾的日本人的光，"那个人笑着说，"这是日本人洗过的剩水，【阅读能力点：白先生一副汉奸的嘴脸，一览无余。】我们好久不见了呀，高团长近来一定很得意吧！"

"得意个屁！"高疤在水里翻滚着，像小孩子爬在泥坑里练习游泳，溅了对方一脸水，他也不在意。

白先生只好缩到一个角落里，躲避他掀起的水，背过脸去说："没有升官？"

"就要到山沟里受训去了，"高疤说，"还升官！"

"八路军的事情，就是难办！"白先生叹了口气，"耀武这次回来，高团长和他有没有联系？"

"见过一面。"高疤停下来，靠在池子边上喘气说。

"听说中央的队伍占了你们县城，"白先生爬过来小声说，"我劝你还是到那边去。在这边永远吃苦受限制，在那边，武装带一披，是要什么有什么。千里做官，为的吃和穿，何苦自己找罪受？当了半辈子团长，又叫去当兵受训，那不是罐里养王八——成心憋人吗？"

【阅读能力点：高先生故意戳高疤的痛处，激起他的不满情绪。】

"他们怎么占了县城？"高疤也吃了一惊。

"怎么占了？"白先生冷笑说，"这像走棋一样，八路军退一步，中央军就得进一步！空出的地面不占，还到哪里捡这样的便宜去？"

"里外夹攻，那我们不是完了吗？"高疤说。

"可不是完了呗！"白先生说，"日本人的来头，你是尝过了，你看人家武器有多凶，人马有多整齐？这还不算完哩，听说各路又增兵不少，非把吕正操完全消灭不可！中央军再一配合，从今以后，八路军再不能在地面上存身了，你只好跟他们到山沟里吃野菜去，你舍

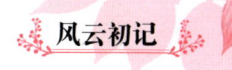

得这个地方吗？舍得下你的太太吗？"【阅读能力点：白先生在一步步瓦解高疤抗日的斗志。】

"我有点儿不信。"高疤思考了一会儿说。

"我要骗你，就淹死在这池子里，"白先生把脖子一缩说，"你想一想吧，升官发财，倒是哪头儿炕热？晚过去不如早过去，你要去，我们一块儿走。"

"我穿着八路的军装，路上不大方便吧？"高疤说。

"只要你去，"白先生说，"我家里什么都有。"

在姓白的家里，高疤换上一套便衣，在灯光下面，对着镜子一照，恢复了他一年前的模样。他脸上的疤一红，叹口气说："干了一年，原封没动，还是我高疤！"

姓白的站在一边说："走吧，到那边你就阔起来了！"

由姓白的领着，他俩翻过石佛镇大堤跑了出来，没有遇到岗哨。这样晚了，路上已经断绝了行人，在堤头的一棵老榆树上，有一只夜猫子在叫唤。

"我们要先奔子午镇，"姓白的说，"到田大先生那里一下，你也可以顺便告诉家里一声。"

"白先生，"高疤说，"我不明白，你是给日本人做事，还是给中央军做事？"

"其实是一样。"姓白的笑着说，"原先我是投靠了日本人，当了汉奸，觉得有点儿对不起乡亲。中央军过来，田耀武对我说，我走的路子很对，还推许我是一个识时务有远见的人，叫我也给他们做些事情，这样一来，我的路子更宽，胆量也就更大起来了！"【阅读

能力点：从白先生的话里，我们明白了，给日本人干事和给中央军干事，其本质都是一样的，他们都是破坏革命、反人民的力量。】

"我是个粗人，"高疤说，"现在的事情，真有点儿不摸头，从今以后，希望白先生随时指点。"

"其中并没有什么深奥的道理。"姓白的说，"你这样看：中央军和日本人，合起来就像一条裤子，我们一边伸进一条腿去走道儿就行了。这个比方你不懂，我们再打一个：你原先不是一个走黑道儿的朋友吗？你的目的是偷，是发财。我们不管别人说长道短，不怕官家追捕捉拿，有奶便是娘亲，给钱就是上司，北边的风过来向南边倒倒，东房凉儿没有了，到西房凉儿里歇去，中国的事情越复杂，我们的前途就越远大！"【阅读能力点：姓白的能将这么无耻的事情说得理所当然，可见其将墙头草的本性发挥到了极致。】

"白先生真是一把老手。"高疤说。

"这一篇书叫汉奸论。"姓白的笑着说，"你学会了，就能在中国社会上，成一个不倒翁！"

两个人讲究着到了子午镇村边，由高疤引路，避开自卫队的岗哨，把姓白的送到田大瞎子家门口，他回到俗儿这里来。

田耀武也刚偷偷地回到家里。他的母亲正把李佩钟通知离婚的信交给他看。田耀武说："你们不要生气，她乍不了刺儿！"

"人家是县长啊！"他娘说，"衙门口儿是她坐着，还不说个什么就是个什么？天下的新鲜事儿，都叫她行绝了，头回是审公公，二回是捕她父亲，这回是传自己的男人去过堂！"

"她传她的，我不会不去？"田耀武说，"我们不承认他们这份政权。论起官儿来，我比她大着一级哩，我是个专员！我是中央委派的，是正统，她是什么？邪魔外道，狗尿苔的官儿！"

"对，"田大瞎子说，"不理她这个茬儿！"

"可是哩，"他娘有些怀疑，"你做了官儿，你那衙门口儿在哪里呀，就在咱家这炕头儿上吗？"【阅读能力点：虽然儿子说得很有气势，但田耀武的娘还是有点儿不相信自己的儿子。】

"我们就要进攻县城，把她们赶出去。"田耀武说，"这不是白先生来了，你和日本人联络了没有？"

"联络过了。"姓白的说，"我还给你们引来了一个向导高疤，明攻明打，恐怕你们进不去，就叫他带头，冒充八路军，赚来这座县城！"

"你们在村里，也要做些工作，"田耀武对他的爹娘说，"要尽量破坏八路军的名誉，在村里，谁抗日积极，就造他的谣言，叫群众不相信他！"

"反对共产党，造八路军的谣言，实在不是一件容易的事。"田大瞎子说，"我研究了一年多，也想不起什么高招儿来。现在不像从前，那时候共产党不公开，红军离咱这有十万八千里，你编排他们什么都行。眼下共产党就在村里，八路军就住在各家的炕上，你说他们杀人没人信，说他们放火看不见烟。村里穷人多，穷人和共产党是水和鱼，分解不开。像我们这样的户，在镇上也不过七八家，就在这七八家里，也有很多子弟参加了抗日工作，他们的家属也就跟着变了主张，现在人们的政治觉悟又高，你一张嘴，他就先品出你的味儿来了，有话难讲。"【阅读能力点：由此可见田大瞎子对军民关系已经

做了一番深入的研究。】

"田大瞎子的分析，自然有道理。"姓白的说，"可是我们也不能在困难面前认输，群众也有反对他们的时候，妇女出操、开会、演戏、扭秧歌，男女混杂，那些当公婆的就不赞成，当丈夫的也有的会反对，我们就要看准这些空子，散放谣言，加大群众对他们的反感。再如征粮的时候、做军鞋的时候、扩兵的时候，都要看机会进行破坏。"

"白先生很有经验，"田耀武介绍说，"他在东三省破坏过抗日联军的工作。"

"常言说，没缝还要下蛆呢，"姓白的说，"有缝你再拉不上，简直连个苍蝇都不如。干部也好打击，男的积极，你就说他强迫命令；女的积极，你就说她有男女关系。无事生非，捕风捉影，混乱黑白，见水就给他搅成泥汤儿！"

第十七章

名师导读

村北头田大瞎子家的狗，忽然叫起来，紧接着全村的狗都在叫。街上乱哄哄的，像是队伍进了村。接着有喊叫骂人的，有走火响枪的，有"通通"砸门子的……这到底是怎么回事？

芒种的伤口渐渐好了。他已经能够在春儿家的小院里走动几步。天黑以后，他们发现田耀武带人包围了村子。芒种判定这是张荫梧的队伍，自己不能留在村里，要冲出去。

打开篱笆门，芒种提着枪走在前面，春儿提着枪跟在后面，借堤坡掩护着，往西南方向走。穿过一段榆树行子，跑进那片大苇坑，已经离开村庄了。

在村西打麜场一圈麜罗儿里，他们遇见了老常。老常正隐着身子向村里张望，一见是他们就说："我就结记（方言。惦记，挂念）着芒种，这就好了！"

"我们那些岗哨哩？"春儿急得跺脚问。【阅读能力点：这也正是我们的疑惑之处，汉奸怎么能不声不响进了村子呢？】

"没有经验，叫他杂种们给蒙混了！"老常说，"他们进了村，还冒充八路军哩！"

"这些人呀！看不见他们穿的灰色衣服？"春儿说。

"前面来的，都是穿的绿衣服，胳膊上还戴着八路军的袖章哩！"老常说，"搭腔说话的，你们猜是谁？"

"我和他们又不认识，我猜那个干吗！"春儿说。

"是高疤！"老常说，"我看这小子是叛变了。我们不能在这里耽误着，要赶紧到五龙堂，给区上去报信！"【阅读能力点：看来高疤真与国民党沆瀣一气了。】

三个人奔着五龙堂来，芒种说："老常哥，你怎么跑出来的？你听到什么情况吗？"

老常说："别提了。他们砸门子，我正和老温蹲在牲口屋里学习认字哩。一开门，田耀武和高疤拥进来，老温冲我使了一个眼色，我就想走。后来一想，要看看他们干什么、说什么，就借机会到里院去了两趟，听到田耀武讲：要拿县城。田大瞎子看见我，冷笑了两声，说：老常主任！这里没有你的事儿，先到外边休息一会儿吧，回头我们就要正式谈谈了！我一听事不好，才闪出来。"

"老温哥哩？"芒种说，"他也该出来呀。"

"我出来的时候就很难了，"老常说，"他叫我先走，他说：他有一条命支应着他们。我们要快走，去报告区上。"

到了五龙堂，在高四海的小屋里，区委书记听了老常的报告说："情况十分紧急，敌人正在进行一个政治阴谋。我们城里武装力量很小，准备也不足。我们第一步，要去通知李县长做准备。第二步组织附近各村的民兵武装，打击敌人。"【阅读能力点：敌众我寡，现在不能和敌人硬碰硬，要灵活机变。】

106

老常、芒种、春儿担任了进城送信的任务，马上就出发了。区委、高四海去召集民兵。

春儿飞身跑下堤坡，着急地对芒种说："我们得快一点儿，得比敌人先到一步，要不就坏事了。可是，你的腿痛不痛？"

"不要紧，"芒种跟上来说，"你路上说话，声音要小一些。"芒种忍着痛，赶到春儿前边去，在这种情况下，一个男孩子不愿意落在一个女孩子的后面。老常也迈着大步跟上来。他们没有走那条通往县城的大道，他们从紧紧傍着这条大道的一条小路走，可以近便一些。

芒种他们先到了。芒种刚刚和守城的几个民兵说明情况，叫春儿和老常快去报告县里，田耀武的马队已经到了眼前。【阅读能力点：芒种虽抢占了先机，但敌人随后就到了，情势相当紧张。】

"站住！口令！"民兵们伏在原来是城门的土岗后面，喊叫起来。

"耳朵叫黄蜡灌了，连自己人的声音也听不出来？我是高团长！"答话的还是高疤。他的马已经上到土坡上来了。

"你回来干什么？"一个民兵问。

"敌情吃紧，"高疤说，"回来防守县城。"

"你后边是什么人？"民兵们问。

"高支队长！"高疤说。

"你是一个叛徒！"芒种喊叫着射击了一枪，高疤的马直直地打了一个立桩，就倒下了。高疤并没有受伤，吃了一嘴土，跑回田耀武的队伍里去。芒种指挥着几个民兵射击，民兵们的破枪旧子弹不好

使唤，枪法又不准，看到敌人的大队，心里又有些害怕，实在抵挡不住，敌人分几路攻进了县城。【阅读能力点：民兵们还是没能阻挡得了敌人的脚步。】芒种拼命奔着县政府跑去。

白天，李佩钟用电话和司令部联系了，知道情况紧张。但是她知道的只是日本人有可能从东面向县城进攻，并没想到高疤的叛变，和张荫梧匪军的偷袭。县委们分头下乡去做战时的动员，留下她做城关坚壁清野的工作。她看着大车队把公粮拉到城外，又派人把一些重要的犯人押送到乡下去。政府的大多数干部，也都分配下去了。

夜晚，她把重要的文件，装到一个白色绣字的挂包里，放在身旁，准备天明，到区上去看看。她躺在只剩下木板的床上，要休息一下，就听见了西关附近的枪声。

春儿和老常跑了进来，她急忙带好文件，挂上手枪跟着他们出来，刚刚走到大堂门口，就遇见了田耀武和高疤。田耀武用手电筒一照，就抱起一挺冲锋枪向她扫射，她把文件投给春儿，倒在了跑马场上。【阅读能力点：田耀武这是明目张胆地要了自己媳妇的命。】春儿慌手慌脚地投了一颗手榴弹，田耀武和高疤跳开，钻小胡同跑了。

"背着她走！"春儿喊叫着老常，在地上摸着李佩钟的文件包。老常背起李佩钟，春儿在前边，向外跑，碰见了芒种，他们和城里的一部分工作人员，一群老百姓，冲出县城来。田耀武的队伍在城里抢夺着商店、百姓的财物，放起火来。

这天下午，日本军队没放一枪，就进了县城。田耀武的队伍恭恭敬敬地交代了"防务"，就退回到子午镇来，实际上成为敌人的右翼。

在镇上，日伪汉奸渐渐死灰复燃。他们搜查了各个抗日团体，逮捕了很多人。砸碎一切抗日的牌示，烧毁文件和报纸，关闭民校。田耀武打发两个护兵，跟在田大瞎子的后面，站在大街十字路口，给村众讲话，要选举村长。

村众虽然很多，没有一个人讲话。田大瞎子忽然变得很谦虚了，他说："你们不要以为我又想上台，我是绝对不干这个的了。八路军在这里的时候，谁给了我气受，他自己知道，可是我绝不记恨。咱们走着瞧吧！可是，你们不要再选我当村长，不要选我。实在没法儿，你们可以选老蒋，因为这次把共产党打出去，光复我们的村庄，是他女婿高疤的功劳！"【阅读能力点：看来田大瞎子懂得枪打出头鸟的道理了，所以不愿再做"出头鸟"。】

田耀武继续在村中进行宣传。他叫老蒋召集民众在小学堂开会，半天只到了十几个老头儿，其中有几个早就聋了。

田耀武站在讲台上说："我们是来消灭共产党的，因为他们不好。他们怎样不好呢？你们是都见到了。自从他们来了，把我们的村庄闹了个天翻地覆。儿子不尊敬老子，媳妇不服从婆婆，穷的不怕富的，做活儿的不怕当家的。工人也开会，也讲话，也上学识字，也管理村中的事情。这是从来没有的，这是绝对不能容许的。抗日，抗日！抗日是我们政府的事、我们军队的事，你们老百姓瞎嚷嚷什么？国家事用不着你们操心，没看过《空城计》？从今以后，不许老百姓抗日！不许穷人背枪！从今以后，不许工人开会，不许妇女上学，不许唱歌、扭秧歌。富的还是富的，穷的还是穷的，男的还是男的，女的还是女的。不能变更，不能不服从。从今天起，取消合理负担，改成按地亩摊派。听到了吗？你们！我是代表蒋委员长讲话。"他讲完话就走了。

　　老头儿们也就散了，他们的心里很沉重，也很害怕。因为他们的儿子并没反对过他们，媳妇也还孝顺。家里没有长工，儿子是在别人家当长工。取消合理负担，难道说已经掀去的压在头上的大石头，又要搬回来了吗？

第十八章

名师导读

地里的麦子熟了,可在这个多事之秋,人们除了天灾,更担心的是人祸——日本人和张荫梧。在这章里,我们且看八路军和老百姓如何齐心协力,与敌人抢收麦子的。

正赶这时,地里的麦子熟了。去年河南、河北全泛水,黑土地、白土地里的小麦都长得好,沉甸甸的穗子乍乍着长。"谷三千,麦六十",今年随手摘下一穗,在手掌里捻开,就有八十个鼓鼓的大麦粒。麦子身手高大,刀劈斧砍一样整齐,站在地这头一推,那头就动,好像湖面上起了风。

古言道:"争秋夺麦。"麦收的工作,就在平常年月也是短促紧张。今年所害怕的,不只是一场狂风,麦子就会躺在地里,几天阴雨,麦粒也会发霉;不只担心地里拾掇不清,耽误了晚田的下种。因为城里有日本人,子午镇有张荫梧,他们都是黄昏时候出来的狼,企图抢劫人民辛苦耕种的收成。【阅读能力点:今年的麦收,狂风、阴雨都不如日本人和张荫梧来得可怕,可见人们对他们已恨之入骨。】

老百姓说:今年的麦子,用不着雇看青的巡夜了,有八只眼睛盯着它:一边是日本人和张荫梧,一边是本主和八路军。这几天,城里的

敌人不断用汽车从安国运来空麻袋，在城附近抓牲口、碾轧大场。子午镇的村长老蒋，也正在找旧日的地亩册子，准备取消合理负担，改成按亩摊派。敌人是为麦子来的。

抗日县政府指示各区要组织民兵群众，武装保卫麦收，邻近村庄联合收割。芒种和春儿都参加了民兵组织，每天到河口放哨。高四海担任了子午镇和五龙堂的护麦大队长，他的小屋又成了指挥部。白天收割河南岸的麦子。高四海到各家动员，秋分又分别动员了那些妇女们。

鸡叫的时候，农民们就起来拿着镰刀在堤坡上集合。他们穿着破衣烂裳，戴一顶破草帽，这些草帽不知道经过了多少次紧张的麦秋，抵御过多少次风雨的袭击。

高四海从小屋里出来，肩上背一支大枪，腰里别一把镰刀。用过多年的窄窄的镰刀，磨得飞快，闪着光，交映着那天边下垂的新月。

高四海站在队前，只说了几句话，就领着人们下地去了。这队伍已经按班安排分好，一到指定的地块就动起手来。割得干净，捆得结实，每个人都用出了全身的力量。这不是平日的内部竞赛，这是和对面的两个敌人争夺。胶泥地是割，河滩附近的白土地就用手拔。抢着拔起的麦子，在光脚板上拍打着，农民们在尘土里前进。【阅读能力点：为了和敌人抢夺麦子，大家干劲十足。】

太阳出来的时候，他们的工作已经进行了一半。大车队在村东、村西两条大道上，摇着鞭子飞跑。三股禾叉在太阳光里闪耀着，把麦子装上大车，运到村里。秋分领着妇女队，担着瓦罐、茅篮，从街口走出，送了中午的饭菜来，也有人担来大桶的新井水。小孩子们也组

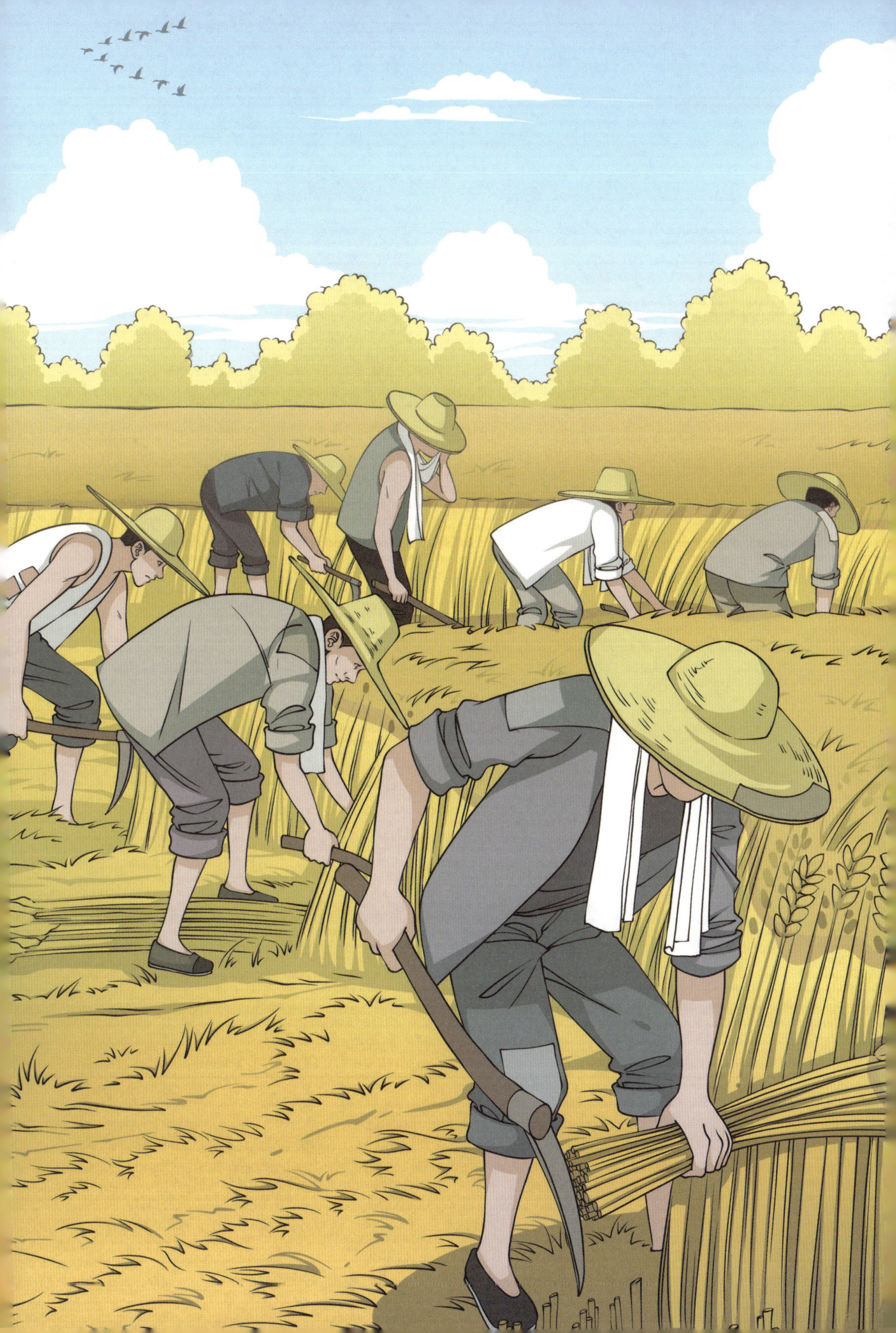

织起来了，跟在后面，拾起农民们折断和遗漏的麦穗儿。

在五龙堂村里碾了几片打麦场。在场边，放几条大板凳，结实的小伙儿们光着膀子站在上面，扶着铡刀。大车把麦子卸下来，妇女们抱着麦个儿，送到铡刀口里去。中午，她们在大场中心撒晒着麦穗。几次翻过摊平，到起响的时候，牵来牲口，套上大碌碡。鞭子挥动，牲口飞跑，碌碡跳跃。她们拿起杈子，挑走麦秸，拉起推板，堆好麦粒。用簸箕扬，用扇车扇，用口袋装起。【写作借鉴点：一连串的动作描写，将人们在晒麦场热火朝天的劳作场景展现得淋漓尽致。】

晚上，民兵和收割队到河北去。三天三夜，他们把麦子全收割回来，地净场光，装到各家的囤里去了。田野像新剃了头似的，留下遍地麦茬儿，春苗显露了出来，摇摆着它们那嫩绿的叶子。

我们的军队正在平原的边界袭击敌人。这是新成立起来的队伍，最初几天，曾经想法避开了敌人的主力，不分昼夜地急行军，跳出了敌人布置的包围圈。对于刚刚参加部队的农民来说，行军就是一种作战准备。在行军中，组织严密了，纪律的感觉加强了，每个战士都要学习判断情况、决定动作，掌握敌人行动的规律，并且看穿他们的弱点。在保定和高阳的公路上，连续袭击了几次敌人。敌人从深泽、安国撤走薄弱的兵力，我们赶在前边，破坏了公路，在唐河附近作战，又消灭了两股敌人。最后，高阳的敌人也撤回保定去了。

当日本鬼子从深泽撤退，民兵武装就开始攻击张荫梧盘踞在子午镇附近的队伍，高疤随着田耀武窜到了冀南地区。

一场灾难过去，李佩钟的伤还没好。芒种回到部队上，还住在城里，春儿和老常回了子午镇。【写作借鉴点：寥寥数语，交代了几

个主要人物的现状。】在春儿和老常的支持下，老温和村里的张寡妇结婚了，他终于有了自己的家。婚后的第二天，老温报名参加了八路军，同部队开拔了。

这时，春儿的父亲吴大印带着续娶的媳妇回到了子午镇，正赶上选举村长和村政权委员的大会。

选举的结果是老常当选了子午镇的抗日村长。老常站到台前来，讲了话，作了抗日的动员。去年冬天，高庆山在地里和他谈话，说工人可以当村长，他当作一个笑话听。现在，这是一个事实，不容他推托，他要担负起这艰难沉重的工作。最后，他约请他的老伙计吴大印发表一点儿回到家来的感想。

吴大印站到台上说他的感想。他说，他出外不久，那里就叫日本人占了，农民们更不能过活。在那里很受了几年苦，回来的时候，日本人又占了我们很多地方，他只能挑选偏僻的道儿走，整整走了三个月。可也见到很多新鲜事儿，在我们国家的广大地面上，铁路两旁、平原村镇、山野森林、湖泊港汊都有我们的游击队。凡是八路军到的地方，农民们就组织了抗日的团体，建立了大大小小的根据地。这些根据地，有时看着并不相连，有时又被敌人切断，可是，它们实际上是被一条线连接着，就是八路军坚决抗日的主张，广泛动员人民参加抗日的政策。他知道这条线通得很长，它从陕北延安毛主席那里开始，一直通到鸭绿江岸的游击队身上。他想，这条线，现在是袭击敌人的线、动员群众的线、建立抗日政权的线，以后，我们就会沿着这条线赶走日本人。回到家来，看到村里的抗日景象，他要告诉大家的是：像我们这样同心协力坚决抗日的地面，是很宽广、很强大的了。

他要求参加村里的抗日工作。

在他讲话的时候，人们都往台前挤，高四海和秋分也赶来了。只有田大瞎子和老蒋退到远远的地方，低着头抽起烟来，好像不爱听。这一天，春儿家里，亲人团聚。一年以来，在子午镇和五龙堂，发生了很多变化，过去流散在外的，像高庆山、高翔、吴大印，全都回来了，像芒种、老温，成群结队地从村里走出抗日去了。无论是回来还是出去，分离还是团聚，都是存了保卫乡土、赶走日本侵略者的一片热心。

第十九章

名师导读

姐姐秋分回来告诉春儿,她的好日子到了,那么到底有什么事情将要发生在春儿身上呢?我们赶紧去看看吧!

这天晚上,春儿来到姐姐秋分的家,姐姐正在小屋门口等着,领她到屋里去。

炕上、地下全打扫了,靠南边的小窗户,摆好一张桌子,变吉哥正装饰着他画的毛主席像。一盏明亮的灯放在窗台上。高四海严肃地望着毛主席的画像。

变吉哥安排好了,回过头来笑着说:"大伯,你知道画这张像多为难呀,遇见从延安来的人我就打听,有没有毛主席的照片,后来还是庆山哥给我借来了一张——是一位参加过长征的老战士保存的。我高兴极了,买了好纸张、好笔墨,等到晚上,老婆孩子全睡下了,我安安静静地画,整整画了三宿才成功,你们看画得怎样?"

"画得好,"高四海点头说,"他在望着我们,在鼓励我们,他经过了多年艰苦的斗争,把党的事业领导到胜利。这些情景,从你的画像上,全可以看出来!"

"那样啊!"变吉哥高兴得红了脸,激动起来说,"大伯最能批

评我的作品，秋分同志，你说哩，我愿意听听你的意见。"

"是好。"秋分说，"面对着这张画像，就像毛主席亲自在前面指引我们！"

"春儿，你说说！"变吉哥说，"是为了你入党，我才精心画的呀！"

"我心里高兴极了，"春儿笑着说，"从今天起，毛主席来领导我这个穷孩子了！"

"那我们开会吧，"变吉哥立正了说，"我先向春儿同志介绍：高四海同志是五龙堂子午镇中国共产党的支部书记，我是支部的宣传委员，秋分同志是组织委员。同志们，我们今天举行春儿同志入党的仪式。我们接受春儿入党，因为她是一个敢于反抗地主压迫的雇农吴大印的女儿，因为她在抗日战争中勇敢、负责地工作，对党充满热情又忠诚。"

高四海说："春儿！你还年轻，你要知道我们党的历史，要想着那些为党艰苦工作和英勇牺牲的人们，秋分！你把我保存的那面红旗取出来！"

秋分打开一只破旧的红油板箱，取出那面旗来。这是十二年以前农民暴动的时候，高庆山打着的旗帜。庆山把它插在堤坡上，在它的下面抵抗围攻的敌人，胸部的鲜血，染紫了红旗的一角。庆山出走以后，高四海叫秋分把它藏了起来。它仍然完整，颜色凝重，十几年来，它不停地在这一带人民的心里招展。【阅读能力点：这面红旗是战士们用自己的鲜血染红的，它是中国的希望。】

高四海把红旗铺展在春儿前面的桌案上，它带着当年滹沱河边的

风暴、壮烈的斗争和鲜明的理想,和这个女孩子的热情结合了。

春儿举起右手来,有力地说:"我要做一个好的、忠诚的、积极斗争不怕牺牲的党员!"会后,高四海又谈了谈子午镇的政治情况,把党员介绍给春儿,把她编在老常领导的小组里。

回去的时候,姐姐送她,在河滩边,慢慢告诉她以后应该怎样做工作,怎样团结群众和领导群众。

高庆山支队原有的骑兵连新近扩充成了一个骑兵团,芒种是班长。老温参加部队以后,就在这个班里当了一名骑兵。他原来要求并不高,就是当马夫也乐意,可是到班里以后,芒种发给他一支新马枪,还把全班最好的一匹小青马交给他骑。在我们的部队里,对于新来的战士,就像对待最小的弟弟,什么都要让他挑选,虽然按年岁说,老温在这一班里算是最大的了。

七月七日是卢沟桥抗战一周年。

冀中军区的阅兵在河间东关的古教场上举行。初升太阳那多彩的、耀眼的光芒,射向平原晴朗的天空。在教场中间的墩台上,竖起了一面高大的红旗。新近训练的号兵们,吹着集合号。在附近古代遗留的残断的碉堡上,有一只苍鹰展翅飞起。所有这一切,都激起战士们对于敌人的愤恨,对于抗战胜利的向往,强烈地吸引着周围那些从事耕种的农民。

祖国现在进行的是历史上从来没有的、规模巨大的、组织坚固的民族解放战争。吕正操司令员、高庆山支队长、高翔政治委员,站在墩台上检阅了他们所领导的由冀中区青年农民组织成的抗日部队。

阅兵完毕,高翔作了政治报告。他说明抗日战争的性质,战争的过程，为什么是持久战，怎样进行持久战和怎样才能争取到最后胜利。他打击了亡国论，揭发了投降论，也批评了速胜论。他的报告比起去年十月，更确切、更有事实的根据。他指出了持久战的三个阶段，描绘了犬牙交错的战争，强调了政治动员的重要，又详细解释了游击战争战略、战术的原则。

他讲得很生动通俗。经过一年实际战斗的战士们，都感觉政治委员是总结了他们每个人的经验，指出了军民全体奋斗的目标。这总结和每个战士的思想结合，加强了他们的信心，鼓舞了他们的力量。他们能够理解，听得十分入神。坐在地上，抱着枪支，相互称赞他们政委的讲话才能和分析能力。

部队里的知识分子平日虽有些自高自大，一听这样远见卓识的分析，也感觉到自己的理论水平太低，和政委比较起来，是相差太远了。高翔的报告，依据的是毛泽东同志在1938年5月发表的《抗日游击战争的战略问题》，和同年同月在延安演讲的《论持久战》。这两本书，是伟大的抗日战争的指南针、是通俗的兵书战策、是必胜的决算、是民族解放胜利的保证。

在冀中军区最初只油印了几百本《论持久战》，随后由印刷厂大量铅印出版了。这本书由"钢板战士"们精细刻写，由印刷工人们夜晚赶印，它有各式各样的版本，用过各式各样的纸张。这本书由干部研究，向战士传达，由部队向老百姓宣传。随着它，部队前进、根据地建立，抗日武装扩大了。它把必胜的信念注到民族每一个成员的战斗血液里。

第二十章

名师导读

春儿被学校录取了,从此她成了一名大学生。但这并不是事情的结束,相反,一切才刚刚开始,因为对于从农村出来的文化基础很差的春儿来说,还有很多困难等着她。

1938年7月,冀中区创办了一所抗日学校。这所学校分作两院,民运院设在深县旧州原来的第十中学,军事院设在深县城里一家因为怕日本人、逃到大后方去了的地主的宅院里。部队保送芒种到军事学院学习,春儿也到民运院学习。

学院的学习很紧张,上午是政治科目,下午是军事科目。雇来很多席工,在大院里搭了一座可容五百人的席棚。这里的教员都称教官,多数是从部队和地方调来的知识分子。他们参加工作较早又爱好理论研究,抱着抗日的热情来教课,在这样宽敞的大席棚里,能一气喊着讲三个点儿。

春儿对军事课很有兴趣,成绩也很好。政治课,她能听懂的有"论持久战"和"统一战线";听不懂的,有"唯物辩证法"和"抗战文艺"。虽然担任这两门功课的教官也很卖力气,可是因为一点儿也联系不到春儿的实际经验,到课程结束的时候,她只能记住"矛盾"和"典型"这两个挂在教官嘴边上的名词。

春儿认识的字有限,能够运用的更少,做笔记很是困难。在这里过的是军事生活。每天,天还很黑就到操场跑步,洗脸吃饭都有一定时间,时时刻刻得尖着耳朵听集合的哨音。夜晚到时就得熄灯睡觉,她没有工夫补习文化。有些课程,道理是明白了,可是因为记不住那些名词,在讨论的时候,就不敢说话,常常因为忘记一个名词,使得这孩子苦恼一整天。为了记住它们,她下了很多苦功。

因为默念这些名词,她在夜晚不能熟睡。为了把想起来的一个名词写在本子上,她常常睡下又起来,脱了又穿上,打开书包,抱着笔记本,站到宿舍庭院的月光下。【阅读能力点:春儿为了能赶上其他同学,正在加倍努力。】有时,庭院里没有月光,或是夜深了,新月已经西沉。她抱着本子走到大席棚里来,她记得那里的讲桌上有一盏油灯,里面还有些油。她把油灯点着,拿到一个角落里,用身子遮住,把那个名词记下来。

每逢这时,她的脑子很清楚,记忆力也很好。整个课堂里,只有她自己和一排排摆在黑影里的长板凳。席棚外边,有一排大杨树,一只在上面过夜的鹁鸪,在睡梦里醒来叫唤了两声。

在灯光下看,到学院的一个月里,这女孩子是消瘦了许多。她望着灯光喃喃地念着笔记本上的名词,当她记住了,也就觉得困乏了。她想闭着眼休息一下再回宿舍去,可是头一低就睡着了。灯盏里的油也点完,灯头跳动了一下,熄灭了。

两个学院先后两期训练了将近五千名干部,那正是根据地非常缺乏有理论基础的干部的时候。这些干部投入实际工作以后,冀中区

就转向艰苦的阶段，他们多数经过了考验，成了对革命有用的人。他们散布很广，几年以后，当有几位教官从冀中出发，路经晋察冀、晋西北，到延安去的时候，一路上，不断地遇到他们的学生。因为他们熟人很多，不被盘查，行军得到很大方便，同行的人就送给他们一个"活通行证"的称号。

三个月的学习期间，春儿也有很多收获。主要有：她理解了抗日战争的性质和持久战的方针；对于领导群众，她也觉得有些办法、有些主见了。学习初期，那些因人设课的"抗战地理""抗战化学"，她虽然听不大懂、记不大清，对于她也有启蒙作用，她知道知识的领域是很广大的。对于各式各样的人，对于各种理论上的争执，她也有一些分析和判断的能力了。【阅读能力点：三个月的学习，让春儿的思想更加成熟了。】

当习惯了这个新的环境，心里有了底，学习有了步骤，她才慢慢胖了起来。眼下，她的相貌和举止，除去原有的美丽，又增加了一种新的庄严。确确实实，她很像一个八路军的女干部了。

三个月期满，芒种在军事学院毕了业，要回原部队上去。春儿成绩很好，学院留下她，当下一期学生的小队长。【阅读能力点：因为成绩优异，芒种和春儿两人有了各自的岗位。】

民运院第二期招生，变吉哥也被录取了。直到现在，他才脱下那破旧的长衫，穿上了全新的制服。可是，他脸上的胡子还是不常刮，下边的绑腿也打不紧，个儿又高，走起路来拿着穿大褂的架势，就很容易给人一个郎当兵的印象。

他学习很努力，讨论会上也踊跃发言，最爱和那些学生们争辩，

风云初记

参加课外的活动他尤其热心。变吉哥常到担任"抗战文艺"课的张教官那里去请教，非常热诚地去替张教官做一些事，在执行弟子礼上颇有些古风。

教官起初叫他给墙报画些小栏头、小插图，看出他有一套本领，就叫他画些大幅的宣传画，这样他的两只手上，就整天沾着红绿颜色。不久，学院成立了一个业余剧团，他担任演员又管布景，遇见音乐场面上没人，就抓起小锣来帮忙。他能照顾那些女同志，剧团里女演员又多，他实际上成了剧团的负责人。

十月，武汉失守。十一月，冀中区的敌情就很严重了。敌人在正面战场对蒋介石诱降，并在蒋介石节节败退的形势下，抽调大批兵力，进攻八路军，认为这才是他的真正的心腹之患。敌人又是先从东北角上蚕食（像蚕咬食桑叶一样，逐步侵占），侵占了博野、蠡县，这次用公路把据点连接起来。不久，深县也被敌人侵占了。

学院转移到深南地区。一天，变吉哥、春儿，还有教"抗战文艺"的张教官，他们共同接受了一个任务——到滹沱河沿岸慰问一支新来到冀中的部队。起初领导同志并没有告诉他们是什么部队。他们要通过敌人的封锁公路，要预先计划好可以依靠的社会关系。晚上，他们就宿在张教官家里。

街上忽然响了一声枪。接着在街里枪乱响起来，听枪音又不像打仗，有的冲着天上打，有的冲着地下打，有的冲着墙打，有的冲着门子、窗户打。这是土匪绑票的枪音。

在临街的高房上，有人大声喊叫："枪子儿没眼，有事的朝前，没事的靠后！"接着叭叭叭的就是一梭子子弹。

"这是叛徒高疤的声音!"春儿吃惊地说。

张教官的父亲叫起张教官和变吉哥,开门跑出来,张教官砸了媳妇的窗子一下,就都上房跳到村子后面去了。

媳妇拉着春儿出来,说:"我们也从房上跑,后面就是沙岗。"她扶着春儿上了小耳房,春儿刚要回过身拉她上来,从西邻的房上,跳过一个土匪,端着枪问:"别跑,谁是女学生?"春儿没答话,转身就往下跳,一枪打过来,子弹贴着她的耳朵穿过去。春儿栽到沙岗上,荆棘刺破了她的手脸。她等候那媳妇跳下来,她听见一声尖叫,那媳妇叫土匪捉住了。

街里,枪声夹杂着乱腾腾的叫骂、哭喊、哀求。土匪们架着绑住的人往村北去了。春儿赶紧藏到一个土坑里。土匪们从她身边走过去,到了最高的沙岗上,放了一声枪。

春儿听见高疤打骂那些被绑的人:"喊叫!叫家里拿现洋来赎你们,你们都是抗属,不然就在这里毙了你们!"

沙岗上接二连三地喊叫起来,里面也有那媳妇的脆弱的声音。春儿心里多么痛苦啊,那媳妇是为了让她快跑,才晚走了一步。不然,是会跑出来的。这是高疤新从张荫梧那里学来的政治绑票吗?

高疤不断地往村里打枪,过了好久,从村里出来一个提着灯笼的人,一边走一边大声咳嗽:"朋友们!我是烧窑的张老冲。我给你们送钱来了。这不是,放在这棵大臭椿树下边了。"

"多少?"高疤大声问。

"四八三百二。"张老冲说,"白天刚叫日本人抢了一下,硬货实在太缺。"

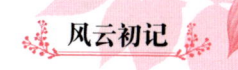

"你当过牲口经纪,连行市也不懂?"高疤喊叫,"牵你一条骡子,你得给多少?"

"咱们赌场上不见,酒场上见,"张老冲说,"看我的面子!"

"你这老家伙,还有什么面子!一个票儿再添二十,少一个,就叫他们抬门板来吧!"这是一个女人在叫。春儿听出是俗儿的声口,差一点儿没有呕吐起来。

"女镖客!"张老冲打着哈哈,"在团长面前,你该给我帮个好腔才是,怎么还打破桃?"

"那就放下吧。"俗儿说,"你回去告诉村里,高团长这回不是绑票,是筹划军饷。"

"是。"张老冲提起口袋来摇了摇,洋钱在里边哗哗地响着,说,"过来拿吧!"高疤过来提上口袋,喊叫了一声,又放一阵枪,就带着他的人马奔公路那里下去了。

张老冲打着灯笼,在一个拔了坟的大坑里,找到了那些遭难的人,给他们解开绳子。

春儿回到家里,那媳妇扑到她怀里痛哭着说:"你带我出去吧,家里待不得了,我什么也不要了。"

张老冲提着灯笼,对张教官的父亲说:"不要难过。咱们宁叫财帛受屈,不能叫人受屈。钱财是外来之物!"听说春儿她们要走,又自告奋勇,送她们一程。

他对春儿说:

"女同志,昨天有幸,我们见过一面。我自己再介绍一下:我叫张老冲,是我们这一带有名的好赖人儿。好事儿里面有我,坏事儿

里面也有我。我认识高疤，我可不赞成他。这叫什么，日本人刚刚放火杀人走了，他们就来绑票，这叫趁火打劫！还说什么筹划军饷！这算什么军头？我，可也不是什么正经人，我从小赶车，后来当牲口经纪，现在烧窑，也拉过宝局，也傍虎吃过食儿。可是我赞成抗日。高疤这回专绑抗属，又图财害命，又破坏抗日，证明他心肝都黑了，以后我就不招惹他，你们可别把我也看成他们一起。"

"你们村里那些民兵哩？"走出村来，春儿问。

"唉！"张老冲说，"从一修公路，日本人又这么一闹，村里的工作有点儿泄气，同志，要打几个胜仗才行啊！这也不能怨老百姓，谁经历过这个年月？可是我们不能悲观失望。当一辈子人，顺水能凫，呛水也得能凫。从人上看，八路军一准能成事。看见日本人修了一条公路，烧了几间房，有几天看不见八路军，或是看见八路军打了一两次败仗，就说抗日不行了，我绝不相信这个。天南海北，我哪里都去过，什么人物我都见过。我见过吕正操吕司令。我见他，不是在他带领了多少支队，手下又有多少司令的时候。我见他，是在去年七月间，他不愿意南撤，带着一支小队伍往回返的时候。那时候，人们每天看见的是队伍往南逃，谁也没想到队伍会往北开。这队伍，鞋袜不整，脸上都有饥色，走得实在又困又乏。吕司令走在前边，脸晒得很黑，步眼很大。吕司令叫队伍站好，在我站的那个大石牌坊下边讲了几句话。这一段话，直到现在我还记得。这段话是说我们要抗日，就不能怕艰难；我们的力量虽然小，可是有群众支援。他讲得很短，可是力量很大，我看见那些军队立时精神起来，结了结鞋带，就奔安国去了。到了县衙门口，把两门子小炮一支，就收编了伪商团一百多支枪,这队伍越闹越大,后来打着野外,在十二村解决了土匪高建勋,我都亲眼见来着。从那个时候起,我就认定吕正操这个人,行!"老头子一路话语不停,送出春儿他们十里。

第二十一章

名师导读

　　学院转移到深南地区。变吉哥和春儿接到一个任务,他们要一起去慰问一支新来到冀中的部队。那么这是谁领导的部队呢?这次慰问,让春儿有了什么感触呢?

　　天明的时候,春儿他们到了滹沱河边。使他们兴奋的是,他们前来慰问部队,就是那传说和盼望了很久的,贺龙将军带领的一二〇师。更巧的是,司令部就驻在春儿的家乡子午镇。他们在村东头一家贫农的北屋里见到了贺龙将军。

　　突然见到他,春儿只顾得浑身打量,好像在这位将军身上,每一个地方都带着红军时代的灿烂的传说,都是那些出奇制胜的英雄故事。

　　贺龙将军很是和蔼可亲。向他们致谢以后,他首先关心的是他们身体的健康。问到学校里的伙食,问到他们除去军事科目,平时还有什么运动?【阅读能力点:贺龙将军对这些后进士兵给予了无微不至的关怀。】

　　他们还见到了周士第参谋长,参谋长站在悬挂着的一张军用大地图旁边,给他们详细地讲解了目前敌后战场上的形势。他们虽然缺少军事经验，也能预感到随着这些英雄人物的到来，一场新的激烈的战争风暴就要在家乡开始了。参谋长告诉她们，敌人好像发觉我们的主力过来了，情况变化得很快，叫他们先不要离开司令部，编成一个小组，跟着部队转移。晚上还从容地召集了一个交流经验的座谈会，主要是请他们介绍了冀中区的风俗和人情。

慰问了自己的部队，见到了红军时代的人物，是春儿生平很值得纪念的一件事。她想：她出生的这个村庄，有机会驻扎了这一支革命劲旅的首脑机关，它一定也感觉着光荣。

春儿和变吉哥都到家里看了看。春儿家里也住着一班战士，他们看见自己部队上的客人，和这家房东这样熟识，最初还有些奇怪哩，后来才知道是春儿的家，战士们笑着说："好呀！这么一来，你这个女同志，就不是我们的客人，快来招待我们吧！"

乡亲们偷偷地问春儿，她会见的到底是一个什么样的大司令？春儿保守军事秘密，只是笑着说："这是一位很有名的人物，一位很能打胜仗的将军。"【阅读能力点：春儿保持着高度的警惕性，严守党的秘密。】乡亲们虽然闹不清将军到底是谁，可是他们知道：这一准儿是真正老牌的八路过来了。

一开始就是紧张的行军。春儿还没经历过这样的行军，行军是从每天黄昏开始，宿营是在第二天的早晨。他们编列在一支队伍的后面，一走起来，就得跟着紧跑。

队伍走开了，真像一条龙，它忽东忽西，忽南忽北，有时，使得春儿她们这些本地人，也闹不清方向，只是跟着紧转。只有在第二天驻下的时候，一打听村庄的名字，才知道又出来了一百几十里。这是连续的行军。最初几天夜里，春儿是累，是腿痛，是害怕掉队。后来，也就习惯了。每天黄昏出发的时候，她觉得很有精力，脚步跟得上，也就用不着那样紧追紧赶了。

行军到了黎明，才是最困最乏的时候，她常常是走着路就做起梦来了。到了宿营地，太阳升起来，坐到大场边上就不再愿意动弹。可是他们的任务正是要在这个时候完成。部队上的口音，老乡们听不清，有些风俗习惯又不相同。她要帮助管理员去找房子，借东西，要粮要草。她要向老乡们动员解释。等大家都进了房子，伙房里把米下了锅，她才能去休息。【阅读能力点：春儿既要跟上部队，又要负责部队的安置工作，这对一个女孩子来说，可谓辛苦异常，而她却默默地坚持着，她有着超乎寻常的毅力。】

敌人从东西两线向根据地逼进，调集了很大的兵力，跟在一二〇师的后面。一二〇师好像并没有和他们一决胜负的意思。这支部队只是在敌人的空隙里穿过，攻击敌人的弱点，在根据地的边缘打着回旋。这支部队也不是单纯的行军，它有很大的政治影响，有很强的吸引力。它刚刚进入冀中的时候，听说只有两个主力团，现在它一路行军，一路扩大，谁也不知道它已经增加了多少倍的人马。

跟着这支部队，春儿走遍了冀中区。在平汉路一带，村庄很大很密，水车园子很多。定县境内，小小的清凉的水沟在村边绕过，用手就可以捕捉那潜藏在芦苇根底下的小鱼。在津浦线附近，地形宽阔，村庄很稀，农民们住在那零散的黄土筑成的小屋里，村外大洼里是一丛丛的红荆，天空里盘旋着大鹰。

她渡过了家乡的不同姿态的河流。夜晚，她跟着部队，在一个灯火繁多的镇上，通过子牙河的木桥。再往东，沿着红土边的运粮河，它两岸都是长满了肥大白菜的菜园地。有时候，她趟着沙河的清澈的浅水，一直走到西边的铁路，看看就到大山的脚下，然后又返回东北，宿营在雾露很重的大清河边。她无数次在奔腾的河流上，小心地走过颤动的浮桥，她的身影和天上的星月，一同映进碧绿的水流。有时候，她静静地站立在河岸上，等候那集中起来的、穿梭一样摆渡的船只。

春儿经过号称"金"的束鹿和号称"银"的蠡县，这里盛产棉花；她到过叫作"小苏州"的胜芳，那里著名的是荷菱鱼稻。农民们用秋收的新粮，供给过往的部队。

大敌当前，在家乡的土地上，存在着两种性质完全不同的军队，人民的斗争就复杂和艰难了。

敌人的进攻方略，在张荫梧这些摩擦专家那里得到了充分的呼应。当敌人的军事行动显得非常嚣张的时候，张荫梧提出一个口号来："变奸区为敌区"。敌人进一步引诱他，对他表示友好，把"剿共灭党"的口号削去一半，只剩下"剿共"。张荫梧紧跟着又感恩地喊出"反共第一"。敌人因为获得了这样忠实的汉奸伙伴，就在北平开了一次庆贺大会。

高疤叛变了八路军，张荫梧写了一篇文章，大加称赞，这篇文章在国民党的报纸上发表了，敌人的报纸也全文转载它。可是张荫梧对待高疤，就像他对待那些"礼义廉耻"的词句一样，也是用来一把抓，不用一脚踢。他对高疤的队伍没有供给，也不指明防地，叫他利用环境，自己找饭吃。高疤完全恢复了过去的生活方式。【阅读能

力点：高疤只是张荫梧他们所利用的棋子，张荫梧根本没把他当回事。】

当各方面的条件成熟了，一二〇师用一个团吸引住敌人的主力，往死里拖，然后用全部力量包围上来，坚决、猛烈地歼灭了他们。敌人有生以来还没见过这样严重的阵势，他们急着施放毒气，也没得逃过死亡。

战斗结束以后，虽然敌人还占据着一些县城据点，冀中区的局面和人民的心情已经稳定下来。地方部队经过这一次战争的学习和考验，也能够逐渐在各方面适应新的环境，壮大自己和保卫根据地。一二〇师不久就奉命转移到山里去了。

春儿他们接到通知，学院暂时关闭，张教官和变吉哥调路西参加文化工作，要回家准备一下，头两天先走了。春儿留在地方工作，她在区党委那里办好手续，想看看芒种，没有找见，就一个人回县里去。

第二十二章

名师导读

田大瞎子想减轻一点儿种地的负担，但他既不想卖地变产，又不想减少实际收入，那么他会想出个什么两全其美的办法呢？

自从女婿高疤叛变八路投降了张荫梧，经常在附近扰乱，俗儿也跟着走了，乡亲们早把他们看作汉奸，老蒋却并不以为耻，那团长老丈人的身份，也不愿下降。在村里，他还是倾向田大瞎子。

自从芒种、老温相继参军，老常当选村长，田大瞎子就一力向外，这老奸在农业经营上，有了个退一步的策略。他觉得这年月，多用长工，就是自己在家门里多树立对头人，非常不上算。可是不用人，这些田地又怎样收拾？

田大瞎子并不愿意卖地变产，他觉得这份祖业不能从他手里消损丝毫，绝不能轻易就向这群穷光蛋低头认输。可是近来负担也实在重，八路军的合理负担，非常不合理，不用说了；中央军偷袭，日本侵占县城的时期，村长是由他的手下老蒋担任，可以说是名副其实的蒋政权了，汉奸日本人对他也并没有放松。因为论起油水，有眼的人就会看到，在子午镇，只有他家的锅里汤肥。村中地亩册上既然登着三顷地，多么有人情，也得出血。

田大瞎子想减轻一点儿负担。他想了一个既不落下败家的声名，也不减实际的收入的办法，左掐右算，觉得万无一失。然后他置办了一桌酒饭，找了个晚上的工夫，把老蒋请了来。

"我想卖给你点儿地。"田大瞎子又把那一只好眼闭起来说。这对于抱了田家多年粗腿的老蒋来说，简直完全出乎意料。

"不要开玩笑吧。"他说。

"是实在话。"田大瞎子说，"我不愿意多用人。多用一个人，就多一个出去开会的，田里的庄稼还是收拾不好，生气更是不用提。"

"这倒是。"老蒋首肯。

"因为这样，我想卖地。"田大瞎子说，"我家没有坏地，当年买地的时候，都是左挑右拣，相准了才买的好地。我卖出去，自然也得找个相好知心的主儿，便宜不落外人。现在村里，就是咱两家合适。"【阅读能力点：田大瞎子首先拉近两人的关系。】

"可是，就是你肯，我也没钱呀！"老蒋说。

"当给你。价钱定低一点儿。"田大瞎子说。

"我一个钱也没有。"老蒋说。

"那我就不要你的钱。"田大瞎子说，"你只挂个买地的名儿，地让你白种。"

"打的粮食呢？"老蒋说，"负担呢？"

这是个复杂的难以议定的条款，直到半夜，老蒋才自认帮忙，答应下来。走出大门，他觉得田大瞎子实在不好惹。

达成的协议是：畜力由田大瞎子担负，打下的粮食，除去支差交公粮，全在夜间背到田家。如果不方便，则由老蒋背到集上出粜，把粮钱交来。老蒋想：这真是赔本赚吆喝的买卖，只是为了"交情"，他不好反驳。【阅读能力点：如此吃力不讨好的买卖，老蒋居然答应了。】

确定的地块，是老蒋家房后身那三亩。这确是一块好地，原是老蒋的祖业地。那年水灾，老蒋没吃的，又要陪送长女，磨扇压着手（比喻十分困难），田大瞎子乘人之危，捡便宜强买过去的。现在，他叫老蒋在亲人的骨肉上，挂上虚假的招牌，老蒋也觉得有些难过。

一切仪式全像真事那样进行。规定了一天，在老蒋家里摆买地的"割食"，请到了地的四邻，中人很不好找，也算找到了两个。酒饭是老蒋预备，田大瞎子花钱。吃罢饭，写了文书，点了地价，这钱自然也是演戏的道具。

老蒋也有他得意的地方。无论如何，从今天起，村里传出这样一种风声：田大瞎子不行了，现在卖了村北的地，买主是老蒋。除去两顿酒饭，这一点儿虚荣，也够老蒋过几天瘾。【阅读能力点：原来老蒋做这赔本买卖是为了让自己有面子。】

老蒋的形迹和关于他的风传，引起村中很多人怀疑。有人猜是那汉奸女婿给他捎来的款子，不知道有多少。嚷嚷得厉害了，村治安员也来找老蒋谈了两次话。

起初，老蒋对于那些传闻暗暗得意，还不断编造一些新的材料，促使那传说更为有声有色。可是一到治安员要和他谈话，他就恐慌起来，想销声匿迹，也自知来不及了。【阅读能力点：老蒋的作为有点儿偷鸡不成蚀把米的感觉。】

137

在这些村干部里面，老蒋最怕治安员。老常虽是主要干部，那原是个老实人，嘴上不行，心地却良善。春儿虽说兼着小区委员，嘴上也不让人，可到底是个女孩儿家，好脸热害羞，老蒋也不大怕她。唯独这个治安员，他觉得最难对付。

说起来，治安员也是个庄稼人，小的时候在外面学过几天手艺，见了人也不好说话，可是那眼睛总好像是在打量着。每逢遇到他，老蒋不知道为什么，总对他表示十二分的客气，从心里又愿意远远离开。

治安员头一次来了，没说什么，屋里、院里转转。

老蒋说："治安员，找我有事吗？"

"没事，闲转转。"治安员说着走了。

第二次又来了，坐在炕沿上抽了好几锅烟。老蒋觉得他那眼把山墙、立柜都看穿了。又问："治安员，有事吗？"

"听说你要了几亩地。"治安员说。

"是要了几亩。"老蒋对答这个问题，早有几分准备，"我从心里是赞成抗日的，八路军给了我很大教育。这年月，闲人、懒人吃不开，谁都得抗日生产。你知道，过去我游手好闲，帮财主家，吃眼角食，现在我要改邪归正，就要了几亩当契地。"

"你哪来的这些钱？"治安员问。

"这几年我省吃俭用，积攒了些。另外，那天在集上，卖了俗儿几件衣服。"

治安员没说什么就又走了。老蒋虽然对答如流，没有漏洞，可也总觉得这是个心病。他很后悔和田大瞎子立的盟约。他想来想去，总得在这几亩地里找些便宜，不能完全按照田大瞎子那如意算盘去做，干担嫌疑。他决定在这三亩地里栽瓜，为的一来可以零卖些钱混点儿账，另外，这一夏天，可以闹他个"西瓜饱"。

可是说起栽瓜来，他更是外行。他只知道什么瓜种好吃，究竟瓜子怎样种，尖朝上还是朝下就把不定了。另外，想到整天蹲在瓜园里松土、压蔓，也实在腰痛。他想搭个伙计，自己当个不大不小的东家。想了半天，他想起春儿的爹吴大印。这老头子年上从关外回来，待在家里没事做，是百里挑一（一百个当中就挑出这一个来。形容人才出众）的种地好手，为人又忠厚让人。老蒋就找他去商量。非常顺利，吴大印一口答应了。

春儿不大赞成，她说："你和谁搭不了伙计，单招惹他？那地是怎么来的，和田家有什么干涉，你弄得清吗？"

吴大印说："咱管不了那么多。咱凭力气吃饭，按收成批钱，他搅赖不了我。咱家里地少，又添了你后娘一口人，你经常出去工作，不能纺织，生计上也有些困难。咱家这么点儿地，够我种的？我闲着就难受。"

"那你还是和老常叔商议商议去。"春儿说。

找到老常，老常说："可以办。这地的事，反正有鬼，慢慢咱会看出来。可是和老蒋搭伙，收成了，他不能让咱吃亏。现在政权在咱们手里，不怕他。"

吴大印就到地里栽瓜去了。大印是内行，他种的瓜，像叫着号令一样，一齐生长。它们先钻出土来，迎着阳光张开两片娇嫩的牙瓣儿，像初生的婴儿，闭着眼睛寻找母亲刚刚突起的乳头。然后突然在

一个夜晚，展开了头一个叶子。接着，几个叶子成长着，圆全着，绿团团地罩在发散热气的地面上。又在一个夜晚，瓜秧一同伸出蔓儿，向一个方向舒展，长短是一个尺寸。吴大印在每一棵瓜的前面，一天不知道要转几个遭儿。

子午镇的人们，都把这瓜园叫作吴大印的瓜园，似乎忘记了它的东家。【阅读能力点：这个瓜园被打上了吴大印的标志。】老蒋成了一个甩手掌柜，就是想帮帮忙，吴大印怕他弄坏园子，也就把他支使开了。春天天旱，吴大印浇水勤，瓜秧长得还是很好。

四月里谢花坐瓜，那一排排的小西瓜，像站好队形的小学生一样。他们在瓜园中间，搭起一座高脚的窝棚。五月里，因为地里活儿多，吴大印和老蒋轮流着看园，一个人一晚上。

现在，他们的窝棚成了子午镇两个对立的政治中心。每逢吴大印值班的时候，窝棚上就出现了老常和村里别的干部、春儿和那些进步的妇女们。

五月的瓜园，是将近成熟的、丰盛茂密的、虫鸣响遍的、路人垂涎的。今天晚上，坐在瓜园里窝棚上看瓜的是春儿。春儿从部队回来，担任了妇救会的小区委。因为工作的头绪纷杂，是很久没有这样安静地坐坐和想想了。今天，父亲有事，她答应替他到这里来。

春儿听见瓜地里有响动，轻轻从窝棚上跳下来，小心不蹚响瓜蔓，轻轻地推开高粱叶，从高粱地里绕过去。

她看见一个白色的东西趴在地下，半截儿身子伸到瓜园里，扒着一个大西瓜，从瓜园里蜷伏着退回来。春儿把一只脚蹬在那个东西的脊背上，那东西叫了一声。春儿看出趴在地下的是一个女人。这女人把脑袋低着，死也不抬头。

春儿硬拉她起来，还安慰她："你要是饥了渴了，吃个瓜不算什么，就是不该偷。"

那女人转过脸来，咧开嘴一笑。春儿吓得后退一步，原来是高疤的老婆俗儿。【阅读能力点：大家心里疑惑顿生，这个时候俗儿怎么会在这里？】俗儿想逃跑，春儿追上捉住她，说："你偷瓜是小事，你得告诉我，你从哪里来？来干什么？"

"你管得着我从哪里来？"俗儿掸掸身上的土，一本正经地说，"谁偷你的瓜来？你攥住我的手了吗？"

"这还不算捉住你？"春儿说，"今天晚上，你得交代明白。"

"我没什么可以对你交代的。"俗儿从口袋里掏出一个小梳子，悠闲地梳理着她那长长披散到肩上的头发。有一股难闻的油香散发出来，春儿打了一个喷嚏。俗儿越说越振振有词，她说："这是我的家，我愿意什么时候回来，就什么时候回来。"

"你的家？"春儿气得说话有些不利落，"你在深县绑过人家的票。"

"你捉住我了？"俗儿说，"你就是会给我扣帽子，你纯粹是诬赖好人。我不和你说，我们到区上、县上去说，我们去找高庆山，我们去找高翔。多大的头头儿我都见过，他们对我都是嘻嘻哈哈的。走，走，我不含糊！"【阅读能力点：俗儿开始胡搅蛮缠，死不承认。】

春儿不放她，紧跟在她后面。到了街口，正有几个民兵巡逻，春儿交给了他们。俗儿哼哼唧唧，想对那几个小伙子卖俏，民兵不理

她，伸过几只老粗的胳膊来，她才着了慌。"春儿大妹子，你不能这样！"她回过头来说，"你得看点儿姐妹的情面。想当初，咱两个一同参加抗日工作，是一正一副，不分彼此。再说，我对你们家也不是没有一点儿好处，那一年咱秋分大姐，立志寻夫，是我成全了她，不然你们会打听着高庆山的真实下落，一家人接头团聚？人有雨点大的恩情，应该当海水一样称量，谁走的路长远，谁能到西天佛地。春儿妹子，你救救我吧！"

春儿没有说话。民兵们把她带到一所大空屋子里，俗儿一看，一条大炕上铺着一领烧了几个大窟窿的炕席，就对民兵们小声地说："你们叫我在这里睡觉吗？我一个人胆儿小，你们得有一个人抱铺盖来和我做伴儿，才行。"

"不要紧，我们在外面给你站岗。"民兵们说。

俗儿被捉，老蒋正在田家，陪着田大瞎子说反动落后话儿。田大瞎子的老婆过去很少出门，现在每逢家里来人，就好站在梢门角，望着大街上，一来巡风，二来听个事儿。她回来给老蒋报信儿。老蒋正在"感情"上，一跳有多么高，大骂起来。

田大瞎子拦住他，小声说："蒋公，不能这样。我们现在是要低头办事。你先到街上去听听看看，不妨和那些干部们说几句好话，保出俗儿来。我担保，俗儿此来，必负有重大任务，一定给我们带来了好消息。暗暗告诉她，千万不要坦白。"【阅读能力点：田大瞎子比老蒋的心思更缜密。田大瞎子的话也向读者透露了俗儿后面要干坏事的信息。】

"我不能向他们低头！"老蒋大声呼喊，"在家门上截人，这是什么规程！"

可是，等他跑到民兵队部门口，一看见有人站岗，他的腿就软了，说什么也跳动不起来，像绷在地上了一样。胡乱问答了两句，他扭回头来去找吴大印，说："大印哥，咱弟兄们祖祖辈辈，可一点儿过错也没有。现在又同心合意，经营着一块瓜园。刚才听人们说，春儿叫民兵把你侄女儿捉了起来。大哥，我求求你，叫他们把俗儿放了。"

吴大印正睡得迷迷糊糊，也不知道哪里的事，就问："到底是为了什么呀？"

"就为俗儿摘了咱那园子里两个瓜。"老蒋说。

"这还值得。"吴大印穿衣裳起来，"别说两个瓜，就是十个也吃得着呀！"【阅读能力点：吴大印的话表现了他的正直。】

"你看，他们就是这样，随便捉人。"

"我去看看。"吴大印开门出来。老蒋顺路又叫起老常来，一同来到民兵队部。

春儿对他们说了俗儿和高疤在深县绑票的事，主张送到区里，详细问问。俗儿坚决不承认，并且说，她因为高疤不正干（正正经经地干），已经和他离了婚，自己跑了回来，路上又饥又饿，到了自己村边，想摘个瓜吃，就闹成这样。

老蒋说："送到区上去干什么？自己村里的事，就由你们几个大干部解决了吧。我先保她回去，随传随到行不行？"

吴大印不愿意得罪乡亲，也说："那样好，春儿，就那样吧。"

春儿反对。她说："爹，你不知道底细的事，你不要管，回家睡

觉去吧。老常叔，你说怎么办哩？"

"我同意送到区里。我和民兵们去。"老常说。【阅读能力点：作为村里的干部，春儿和老常的警觉性明显比别人高。】

俗儿在区里押了几天，河里的水就下来了，区里忙，来信说问不出什么来，讨保释放吧。放她回来了。

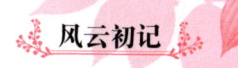

第二十三章

名师导读

村子里可能要遭水灾了,眼看着西瓜即将成熟,吴大印会选择和村民一起挡堤,还是抓紧时间抢收自己辛辛苦苦种出来的西瓜?

这一年,冀中区有严重的水灾。一夜的工夫,滹沱河的洪水,经过代县、崞县、定襄、五台、盂县,从平山入冀中,过正定入深泽。一夜之间,五龙堂的河流暴涨了。

高四海家堤坡上的小屋,又被连夜的大雨冲刷着,高四海坐在炕上,守着窗户,抽着烟,倾听着河里的声音。从雨声和河水声里,他又预感到了今年的水灾的严重。秋分也起得很早。

"看样子等不到天明。"高四海从炕上下来,戴上破草帽,提起放在墙角的那面破铜锣,站到堤坡上敲了起来。

这是专用的号令。五龙堂的居民一听到这种锣响,从梦里惊醒,跳下炕来,抓起女人们急急递过的破草帽、破布袋片、铁铲、抬土筐,打开大门,蜂拥着跑到堤上来了。人们都集到大堤上,妇女们手里提着玻璃灯笼,灯光在风雨里闪动着。

人群的影子一时伸到堤外河滩,一时又伸到堤里的坑洼。人们抬土坯挡堤身,寻找缺口、獾洞,踏实填补。子午镇的居民也在这一天

夜里动员起来，抢修大堤。春儿领着妇女们，冒雨在大堤上工作。

全村各户都出了人工，只有"蒋先生"在这纷乱的时刻，躺在他那小小的世外桃源里。【阅读能力点：此句是对老蒋拈轻怕重、投机取巧态度的强烈讽刺。】半夜的时候，原是吴大印看园睡在窝棚里，他听到五龙堂的锣声，吃惊地坐起来，望着这辛苦了几个月的瓜园发怔。瓜园是在接近收获的时候，遇到了灾难。他唉声叹气，可是当老常呼喊他去组织人挡堤的时候，他就背上改畦的铁铲到街上去了。

路过老蒋的家门，他把老蒋叫了起来，说："我和人们去挡堤。你到园里去看看，水要过来得快，你把那些大个儿的瓜摘摘，还可以腌一冬天咸菜吃。"【阅读能力点：吴大印虽然可惜自己辛辛苦苦种出的瓜，可在集体利益面前，他毫不在意个人得失，他的做法值得我们敬佩。】

起初，老蒋不愿意起来，他不相信河水会下来，他说："这又是八路军的故事，造谣！他们总是这样，日本人还没来，他们就嚷嚷抗日，结果日本人真的过来了；敌人的汽车还没影儿，他们就嚷嚷破路，结果敌人的汽车真的闯来了。没事儿招灾，这就是他们的砝码。我推算，今年还不到发水的年头儿。他们就又在那里号召了，一定得号召得王八领下水来才甘心，你听五龙堂的破锣响得多不吉利！"

当他后来看到不去瓜园，就得去挡堤，才选择了前者，躲到瓜园里去。这时雨下得小些了，天阴得还很沉，老蒋爬上窝棚，想钻到吴大印留下的热被窝里再睡一觉。一下雨，蚊子都集到这里来了，不管鼻子嘴里乱撞，他只好坐着。大堤上，人声、铁铲声乱成一团。看样子，水也许会发的，老蒋想。

风云初记

　　他从窝棚上跳下去，在瓜园里踩了一趟。他把白天记住的几个快熟的瓜摘到窝棚上来，抹抹泥，接二连三地吃了，算是完成了吴大印交给他的任务。对于瓜园是否涝，老蒋简直没有任何的烦忧，他认为地既然是田大瞎子的，涝了没收成也是他家的事。至于辛苦劳力的白搭，那又是吴大印的苦痛，与自己冷热无干。【阅读能力点：这几句话极力写出了老蒋自私自利的本性。】

　　想到这一步，老蒋不无得意之感，一撤身钻进窝棚，蒙头盖上吴大印的被子，那真是不管风声、雨声、锣声、喊声，也不管蚊虫的骚扰，只乐得这黑甜一梦了。

　　在梦中，起初他觉得窝棚摇摇欲坠，自己的身体也有凌云腾空的感觉，他翻了一个身，睡得更香了。忽然，他的左脸被什么东西咬了一口，痛得入骨。他翻身坐起来，看见一只黑毛大獾带着一身水，蹲在他的枕头上。他的脚边有好几只兔子，也像在水里泡过似的，张皇跳跃，它们把头往窝棚下一扎，又哆嗦着退了回来。至于老蒋的身上，则成了百兽率舞、百虫争趣图：被子上有蚂蚱、有蜣螂、有蝼蛄、有蜈蚣，还有几只田鼠在他的身子两旁，来往穿梭一样跑着，吱吱地叫着。老蒋突然陷在这样童话般的世界里，还以为是在梦中，然而脸确实是叫獾咬破了，血滴了下来。他用手一推，那只大獾才跳下去。

　　窝棚下面的水已经齐着木板，就要漫了上来。老蒋四下里一看，大水滔天，他这窝棚已经成了风雨飘摇中的孤岛，成了大水灾中飞禽走兽的避难所，他心里一凉，浑身打起寒战来。大水铺天盖地，奔东北流。有几处地方，露出疏疏拉拉的庄稼尖儿，在水里抖颤着。【写

作借鉴点：采用拟人手法，写出了洪水淹没一切的可怕情状。】瓜园早已经不见了，在窝棚上，老蒋啃剩的几片瓜皮，也叫兔儿们吃光了，老蒋一生气，把大大小小的动物，全驱逐到水里去。

大水吼叫着，冲刷着什么地方，淤平着什么地方。坟墓里冲出的残朽的木板、房屋上塌下的檩梁，接连地撞击着窝棚。老蒋蹲在上面，生怕它一旦倾倒，那就是他的末日到来了。

天忽然放晴，太阳出来了，情景更可怕。

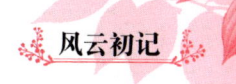

第二十四章

名师导读

在漫天的大水中，有几个赤着身子的年轻人，抬起一件黑色的物件，远远地投掷到水流中，当这个黑色物件借着水流转弯的力量再次靠近大堤时，人们喊着："再扔远些！一定淹死她！"这个黑色物件到底是什么呢？

老蒋立在窝棚上，在耀眼的阳光下，越过白茫茫的大水，望着村边。他望见子午镇西北角的大堤开了口子。这段口子已经有一个城门洞那样宽，河水在那里排荡着，水面高高地鼓了起来。

村里的人们站在毁坏了的大堤的两端，他们好像已经尽了一切力量，现在只能呆呆地望着这不能收拾的场面。可是，遮过大水的吼叫，老蒋听到了一阵可怕的声音。

他看见人群骚动起来，有几个赤着身子的年轻人，抬起一件黑色的物件，远远地投掷到水流里去。【阅读能力点：我们不禁好奇这个黑色物件到底为何物，让人们如此唾弃。】这个黑色的物件，像一只受伤的乌鸦没入黄昏的白云里，飘落到水里不见了。然后它又露了出来，借着水流转弯的力量，靠近了大堤。人群赶到那里去，那几个赤着身子的年轻人，把那黑物件重新抓了起来。

"再扔远些！一定淹死她！"人们愤怒地、急促地呼喊着。老蒋看见村长老常在阻拦着，在讲说什么。

"她是个汉奸，谁也不能心疼她！"他只能听见人群的呼喊，听不清老常的声音。那个黑色的物件挣扎着，又被抛进水里。

老蒋站立不住，突然坐了下来。他看出那几次被抛到水里的东西，好像就是他的女儿。【阅读能力点：那被抛入水中的东西真是俗儿？人们为什么对她如此痛恨？】他记得昨天夜里，风雨正大的时候，俗儿跑到他的屋里来问："水下来，咱村要开了口子，能淹多少村子？"

"那可就淹远了，"老蒋当时回答她，"几县的地面哩。"

"什么地方容易开口？"俗儿又问。

"在河南岸，是五龙堂那里最险。"老蒋说，"在河北岸，是我们村的西南角上。五龙堂那里守得紧。我们村的堤厚，轻易不开。听老辈子人说，开了就不得了。"俗儿低头想了一阵什么就出去了。因为女儿经常是夜晚出去的，老蒋并不留心就睡了。

难道是她破坏了大堤？【写作借鉴点：虽是疑问，却让人听出了弦外之音：这是事实。】老蒋再站起来，向着大堤那里拼命地喊叫，没有效果。他用看瓜园的木枪，挑着吴大印的红色破被，在空中摇摆。终于大堤上的人们看到了他，有些人对着他指指点点、说笑着、跳跃着。人们好像忘记了那个黑物件，它又被水流冲靠了堤岸，趴在大堤上不动了。

老蒋继续向堤上的人们呼喊求救，但是人们好像都要回家吃饭，散开了。老蒋这时才注意到了他的村庄。他看见子午镇被水泡了起

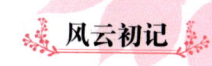

来，水在大街上汹涌流过。很多房屋倒塌了，还有很多正在摇摆着。街里到处是大笸箩，这是临时救命的小船，妇女、小孩儿们坐在上面，抱着抢出的粮食和衣物。

老蒋跪在窝棚上，他祷告河神能够放过他那几间土房，但是他那窠巢，显然是不存在了。他想如果是俗儿造的孽，那就叫人们把她抛进水里去吧。【阅读能力点：老蒋想到自己的土房因为俗儿不复存在了，便不顾父女之情，恨不得俗儿死了，凸显了他的冷酷无情。】老蒋在瓜园的窝棚里，饿了两天两夜，并没有人来救他。直等到水落了些，吴大印才弄着一只大笸箩把他和铺盖一同拉回村里去。

老蒋虽然饿得一丝两气要死的样子，在路上还是关心地问："我一时不在，就得出问题。你们怎么这样麻痹，叫堤开了口子？"

"你不要问了。"吴大印说，"是你那好女儿办的事！"

"她一个女流之辈，怎么能通开一丈宽的大堤？你们不要破鼓乱人捶，什么坏事都往她身上推呀！"老蒋说。

"她是一个女流。"吴大印叹气说，"可有日本人和汉奸做她的后台哩！她带领武装特务放开堤，人家都跑了，就捉住了她。"

"俗儿死了吗？"老蒋流着眼泪。【阅读能力点：老蒋的眼泪是为谁而流？】

"要不是老常，一定就淹死了。"吴大印说，"老常说应该交到政府，已经又送到区里了。"

原来，那天夜里，大水齐了子午镇大堤，风雨又大。春儿带着一队青年妇女守护着西北角。这段大堤原是很牢靠的，没顾虑到这里会出事，老常才把它交给妇女们。

春儿是认真的，她一时半刻也没有离开，晚饭也是就着冷风冷雨吃的。她在堤上来回巡逻，这一段堤高，别处不断喊叫着培土挡堤，这里的水离堤面还有多半尺，堤身上也没发现獾洞、鼠穴。这一段堤里面因为多年用土，地势陡洼，春儿对妇女们说："我们要各自留心，这里出了事可了不得。"

夜晚守卫大堤的情景是惊恐的、冷凄的。水不停地涨，雨不停地下，风不停地刮。风雨激荡着洪水，冲刷着堤岸。【写作借鉴点：环境描写，强调了水势浩荡。】

忽然，春儿在队伍里发现了俗儿。她穿一身黑色丝绸裤褂，打着一把黄油雨伞。"你到这里来干什么？"春儿问她。

"你怎么这样说？"俗儿前走走后站站说，"你们敲锣打鼓的号召人们上堤，我自动报名来站岗，你倒不欢迎？"

"人已经不少了。"春儿说。

"抗日的事儿，人人有责任。"俗儿说，"只能嫌人少，不能嫌人多。有钱出钱，无钱出力。这是上级的口号。在抗日上说，我可一贯是积极的，中间犯了一点儿错误，我现在要悔过改正。"

"以后有别的工作分配给你吧。"春儿说，"现在不是闲谈的时候。"【阅读能力点：春儿对俗儿过分的积极表示怀疑。】

"怎么是闲谈呢？"俗儿说，"我要重新做人，用行动来证明我的决心，你不能拒绝我！"

春儿整个心关注在水上，她实在不能分出精神和这样的人进行辩论。她离开了俗儿，小声告诉一个妇女自卫队员监视这个家伙。俗儿不能工作，反倒分了一个有用的人力去，使春儿非常烦躁。她预感到在这样的时机，俗儿会成事不足，败事有余。

风雨越来越大，大堤上黑得伸手不见掌。妇女们提来的几只灯笼，被雨淋湿，被风吹熄了，再也点不着。人们都很着急，说："这样的天气，有个马灯就好了！"

"想一想咱村谁家有。"春儿说。

"田大瞎子家有一个，谁去借来吧。"一个妇女说。

虽然跑下堤不远就是田家的大门，可是谁也不愿意去。俗儿说："你们不去，我去卖个脸。这也是为了大家，我和他可没有联系。"俗儿忽地就不见了。她去的时间很长，才慢慢回来。【阅读能力点：时间很长，说明俗儿出去不止借灯这么简单。】

"借来了没有？"人们喊着问。

"借来了。"俗儿拉长声音说。

"怎么还不点着？"春儿说。

"慌得没顾着。你们来点吧。"俗儿上到堤上来，把马灯放在地上。

"谁带着洋火？"妇女们围了过去。

"你们围好了点。我憋着泡尿，去撒了它。"俗儿说着跑到堤下面高粱地里去了。

洋火潮湿，风雨又大，换了好几个手，还是点不着。春儿急得过去，提起马灯来一摇，说："里边没有油。"

"那可不知道。"俗儿从高粱地里钻出来说，"抗战时期哪里找煤油去！这里给你们个火儿吧！"随着她的话音，在大堤转角地方，发出一声剧烈的爆炸声，接连又是几声。【阅读能力点：伴随着俗儿

153

轻飘飘的话，大堤被炸开了！俗儿已经恶贯满盈了。】

春儿赶过去，堤下响起枪来。大堤裂了口，水涌进来，男人们赶来时，破堤的特务们钻高粱地跑了，但终于捉到了俗儿。人们急着挡堤，已经堵挡不住。群众提议，把她投到水里淹死。等到大水成灾，房倒屋塌，庄稼淹没，人们更红了眼。天明时，几个青年人把俗儿架到堤上，投到开口的河流里去。

最后是老常把他们拦下了。

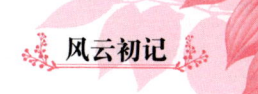

第二十五章

名师导读

田大瞎子"卖"给老蒋的那三亩西瓜地都被水淹了，但是公粮还是要交的。这时候，无论是老蒋还是田大瞎子以及春儿的爹吴大印，都不承认自己该交这三亩地的公粮。那么，村干部对这引出了一系列麻烦的三亩地最后是如何处置的呢？

冀中区的抗日军民尽力排除了积水，及时播种了小麦。政府调剂了小麦种子，使受灾重的、贫苦的农民，也因为明年麦收有望，情绪安定下来。

在冀中，每逢水灾以后，第二年的小麦总是丰收的。今年因为时间紧迫和地湿不能耕作，农民们就在那裂成龟背花纹一样的深阔的胶泥缝里，用手撒下麦种。

妇女、儿童都组织起来，参加了这一工作，在晚秋露冷的清晨，无数的农民低扬旋转在广漠的大平原上。小孩子们还带来用柳条和粗纱布缝制的小网拍，捕打那因为天冷伏在地上的肥大的蝗虫，装在小布袋里，拿回去做菜吃。

冀中人民虽然受灾，但有些过去的余粮，还是按时交纳了公粮。春儿帮助村干部们向群众解释："我们少吃一口，也要叫我们的部队

吃饱。"

"我们明白这个道理。我们每天每人省下一把粮食，集到一块儿就能养活很多人。我们苦一些，总是可以吃到麦收的。"群众都这样说。

春儿和村干部们都在行动上做了真实的表率。但是征收到田大瞎子家的时候，田大瞎子提出他的地已经减少了三亩的问题。

村干部找到老蒋家去，老蒋知道田大瞎子不认账，说："你们不来，我也得找你们去。这三亩地是我买的田家的，有文契中人在。可是，我把地租给吴大印了，说明是死租，租米他还没交，这公粮也应该由他负担才对。"【阅读能力点：老蒋这是欺软怕硬，摆明了要坑吴大印。】

村干部们又只好去问吴大印。吴大印一听气得话都说不出来，他说："根本没有那么回事。原先是老蒋不会种瓜，才找我帮忙，我算个短工的性质。忙了半天，没落一个钱，怎么倒叫我拿公粮？我不管这地是谁的，反正赖不到我头上。"

"就要赖在你头上。"老蒋说，"我是把地租给你了，当面说得很清楚。"

两个人吵了起来，气得吴大印当天晚上没吃饭。村干部研究了这个问题，认为现在这块地里还没有播种小麦，地在老蒋手里，迟早也得落个半荒。吴大印家中缺地种，就叫他承租下来，根据边区法令，减租减息，好年头地主也不能随便收回，佃户有很多保障。至于公粮的事，这块地确是因为种瓜，寸草没收，可以请求上级减免。

村干部提出这样一个建议，老蒋在火头上答应了。晚上他去报告

了田大瞎子，田大瞎子喊："你简直是一个老浑蛋，你拿着我的地去送人呀！"【阅读能力点：田大瞎子恼羞成怒了。】

"你怎么骂人？"老蒋今天不知道为什么，竟敢和他顶撞起来，"你设的圈套，你自己去解吧，别想把我勒死在里面。"

"我去解？"田大瞎子说，"我要你干什么？"

"我是你的什么？"老蒋立起来，指着自己的鼻子，"我是你的奴才吗？下人吗？狗腿衙役吗？你这个小人！"

"我的酒饭都喂了狗！"田大瞎子抓起桌上的一把锡酒壶，就掷到老蒋的头上去，一下打破了，老蒋血流满面，跑到区上告状。

区上先找人用棉纸和一些草药面，给他糊上伤口。问了情由，同意村里的建议，决定由村里帮助吴大印，赶快在这三亩地里播种小麦。

第二天，田大瞎子听见了，像疯了一样，提着一口大铡刀，站在地头上说："看，谁敢种我的地！"

区上派人把他逮捕起来，因为他罪恶累累，决定交付公审。公审地点就在子午镇村边毁坏了的五道庙遗址上，这里是一堆烂砖瓦。

这一天，天气很晴朗，没有风。附近村庄的农民都赶来了，凡是租种着或是租种过田家土地的人，凡是给田家当过长工或是打过短工的人都来了，他们挤到人群的前面。农民的怒火在田野里燃烧起来。【阅读能力点：田大瞎子的所作所为已经引起了公愤。】会上，由村干部控诉了田大瞎子历年来的罪恶：破坏抗日，勾结汉奸张荫梧，踢伤工人老温，抗拒合理负担，把政府对他的宽大当作软弱可欺。建议政府从严法办！

"不叫汉奸地主抖威风！"群众呼喊着同意了这个提议。

卷在抗日暴风雨里的、反抗封建压迫的高潮大浪涌起来了。一种积压很久的、对农民来说是生死关头的斗争开始了。一种光焰炽烈的、蔓延很快的正义的要求，在广大农民的宽厚的胸膛里觉醒了！

另外一个阶级在震惊着，颤抖着，收敛着。他们亲眼看见田大瞎子，像插在败土灰堆里的、一面被暴风雨冲击的破旗，倒了下来。

【阅读能力点：田大瞎子的下场震慑了地主阶级。】

送公粮到边区山地的大车队伍，在腊月初的风雪天气里，绵延不断，浩浩荡荡地前进。细看起来，这队伍并不整齐，而且有时显得纷乱。其中骡马全挂的车辆并不多，最多的是单套牛车，有的多加一匹小毛驴拉着长套。还有的是在车轴上拴一根绳子，车夫一边赶车，一边低着身子往前拉，他是心疼他那力气单薄的牲口，初次走这样长远的道路。

然而，如果从头看到尾，看到这一支从冀中腹地，甚至是从津浦线，一直延长到平汉线的、昼夜不息、鼓动前进的大车队伍，我们就可以真正认识它的雄壮气魄和行动的重大意义。

子午镇和五龙堂的车队，只是其中的一个小队。高四海是小队长，春儿是指导员，她的任务除去政治工作，还要前后联络这些车辆和照顾那些车夫，使得行进和休息的时候，人和牲口都能吃饱喝好，找到避避风雪的地方。她穿着一件破旧的灰布面羊皮袄，束一条褡包，头上戴一顶新毡帽，剪好的毡帽边缘，紧紧护着她的耳朵，露出的鬓发上，沾着一层厚厚的霜雪。

大车行军遇到风雪是最大的困难。车夫们宁肯艰难地前进，也不

风云初记

愿意站在风地里停留休息。他们一心一意要赶到铁路边上，交割了任务。而大车前进，也像军人行军一样，前面顶住了，就要停半天。每逢这时候，车夫们喊叫着，袖着手抱着鞭子站着，有的就在车底下升起火来，烤手和烤化冻结的抹车油瓶。

他们走到定县境内，平汉路上隆隆的、此起彼伏、接连不断的炮声和爆破声，使远近的大地和树林都震动起来，拉车的牲口们竖起耳朵惊跳着。车夫们也从来没有听到过这样激烈的战斗的声响，炮火的声音完全把寒冷赶走了。【阅读能力点：抗日的热情驱走了百姓心中的严寒。】

这是向敌人进攻的声响，是华北抗日战场全体军民出动作战的声音。这一年冬季，日本人向蒋介石进一步诱降，投降的空气笼罩着国民党的整个机构。为响应敌人，他们发动了反共高潮。

我们发动了粉碎敌人封锁的大战，拔掉敌人据点，破坏敌人的铁路、公路。这是一次猛烈的总攻，战争在正太、同蒲、北宁、胶济、平绥、平汉、石德全部铁路上，同时展开。芒种所在的部队调回了平汉线，变吉哥和张教官现在是报社的记者，也随同前来。

各地民兵、民工，都来参加战争和破路工作。两个人抬起一段铁轨，一个人扛起三根枕木，一夜的工夫，平汉路北段就只留下了大大小小的坑洼。

"把大车赶到山里去吧！"车夫们在路上呼喊着。铁路边缘，通过两道深沟的运粮工作，紧张地进行着，无数民工扛着公粮口袋，跑过横搭在深沟上的木梯，木梯不断上上下下跳荡着。

在这样紧张的战争情况和紧张的工作里，芒种和春儿虽然近在咫

159

尺，但也未得相遇，做一次久别后的交谈，哪怕是说上几句话，或相对望一眼也好。

实际上，此时此刻，他们连这个念头也没有。他们的心，被战争和工作的责任感填满，被激情鼓荡着，已经没有存留任何杂念的余地。【阅读能力点：在国家大义面前，芒种和春儿已顾不上儿女私情。】

当把粮食平安地运进边区，平原和山地的炮火还没有停止，而且听来越响越激烈了。